L'OMICIDIO È IL NOSTRO MESTIERE

I CASI DI TURNER HAHN E FRANK MORALES LIBRO 1

B. R. STATEHAM

ROSCOE

E sitai, mi voltai per guardarmi alle spalle, osservai il piccolo uomo seduto con le mani giunte poggiate sul tavolo da conferenza dall'aspetto malconcio. Solo un piccolo uomo. Nessuna mascella importante. Naso stretto. Capelli castani corti che si dirigevano verso la calvizie totale. Aspetto banale. Così semplice che cominciava a confondersi con la pittura bianca opaca del muro alle sue spalle. Avevo l'impressione che un altro paio di minuti seduto da solo sulla sedia di legno, nella stanza degli interrogatori, e sarebbe semplicemente svanito nel nulla.

Come un cattivo sapore in bocca. O forse una cattiva idea. Svanisce lentamente.

Chiusi la porta dietro di me e rimasi in piedi nel corridoio, guardai quell'incubo monolitico del mio compagno, sollevai un sopracciglio e aspettai. Si voltò, mi guardò, notò l'espressione che faccio quando qualcosa mi preoccupa e sogghignò apertamente.

"Quello è il nostro assassino?" Frank grugnì, voltandosi a guardarmi con quei piccoli punti marroni al posto degli occhi, mentre si passava una mano nella zazzera di capelli color carota. "Quel tipo ha sparato quattro colpi con una 357 magnum nel petto di Rick Burns e poi altri due in faccia? Lui? Santo cielo. Mi stai prendendo in giro."

"Ha detto che è stato lui. Abbiamo trovato il corpo di Burns dove lui ha detto che l'avremmo trovato. Il sangue di Burns è sulle scarpe e sui risvolti dei pantaloni del tizio. Ovviamente le impronte sulla pistola sono le sue. Cos'altro vuoi?"

"Voglio sapere chi ha ucciso Rick Burns", ringhiò l'aspirante gorilla di montagna che mi ritrovavo come partner, infilandomi delicatamente un dito appuntito nel petto. "Proprio come te, amico. So che neanche tu credi alla sua storia."

Il problema era che Roscoe Tanner, contabile, aveva ammesso l'omicidio. Aveva detto di aver lottato con il suo capo per la pistola che sapeva che Burns portava sempre con sé e poi gli aveva sparato sei volte. Proprio così. Come se fosse una cosa di tutti i giorni. A bruciapelo. Due colpi di 357 in faccia.

Hanno fatto esplodere la testa del tizio come una ciotola di gelatina lanciata in aria.

Indirizzai un sorriso nella sua direzione e annuii. Ero d'accordo con Frank. Non c'era modo che un Roscoe Tanner, straordinario contabile di un pezzo grosso come Rick Burns, potesse prendere la pistola di Burns stesso, una Smith &Wesson 357 magnum, e poi riempire Burns di buchi mentre quello non faceva un bel niente per difendersi. Ma la scientifica aveva confermato la dinamica sulla scena del crimine. Questo è quello che Roscoe ha dichiarato. È quello che il procuratore distrettuale avrebbe usato nel momento in cui avrebbe messo le mani su questo caso.

Se Roscoe fosse stato fortunato, avrebbe potuto avere l'ergastolo. Poteva non avere questa fortuna...

"Allora, cosa vuoi fare?" chiesi, spingendo le mani nelle tasche dei pantaloni e fissando il mio amico, occhi negli occhi.

Io e Frank siamo alti circa un metro e ottanta. Lui è una cinquantina di chili più pesante e circa il doppio più forte. Sembra uno scarto dell'esperimento genetico di uno scienziato pazzo. D'altra parte, mi è stato detto che io assomiglio a un uomo morto. Un bell'uomo morto, intendiamoci. Ma pur sempre un uomo morto. A quanto pare, sono quasi l'immagine sputata di un qualche attore cinematografico morto degli anni Trenta. É vero. Era famoso. E no. Non farò nomi.

Siamo una buona squadra come detective della omicidi. Io sembro un bel cadavere che solo un cinefilo ricorderebbe. Lui sembra un incubo biologico che nessuno vuole ricordare. Il mio nome è Turner Hahn. Il suo è Frank Morales. E negli ultimi dieci anni abbiamo lavorato nella sezione omicidi del South Side Precinct.

"Penso che da Burns ci siano dei testimoni che tengono la bocca chiusa. Dovremmo andare a parlare con qualche impiegato. Sai... in modo persuasivo. Come solo noi sappiamo fare."

Quando un gigante dai capelli rossi delle dimensioni di Bigfoot ti fa sedere su una sedia e si china su di te così da vicino che il suo respiro ti fa correre un brivido lungo la nuca, e all'orecchio ti dice con voce burbera: "Parlaci della sparatoria", tendi a parlargli della sparatoria. Non sto dicendo che Frank può essere intimidatorio quando vuole. Sto dicendo che, a meno che tu non conosca Frank bene come me, lui è sempre intimidatorio. La sua sola presenza fisica fa sì che gli atei diventino improvvisamente religiosi.

Così, attraversammo la città nel tardo pomeriggio sotto un cielo che minacciava di aprirsi e scaricarci addosso un diluvio in stile biblico. Era quel periodo dell'anno. Fine primavera. Un'umidità così densa che potevi tagliare il vapore acqueo sospeso nell'aria con una lama. Torreggianti celle di tuono bianco/grigio che si arrampicano visibilmente per la stratosfera in un'attesa minacciosa. Il rombo del tuono che ti parla costantemente in lontananza. Il tipo di tempo in cui l'elettricità statica nell'aria fa sì che le casalinghe dall'aspetto da topo prendano un fucile nell'armadio della camera da letto, o forse una mannaia da macellaio dal set di coltelli del bancone della cucina e facciano un po' di pulizia in casa. Quel tipo di tempo.

Burns possedeva un locale chiamato *Valentino's Grotto*. Era una discoteca per i giovani sotto i trent'anni, quelli che avevano appena iniziato a fare bei soldi. Giù nel quartiere dei magazzini. Il piano terra del vecchio magazzino era ricoperto di piastrelle nere. I piccoli tavoli e le sedie che circondavano la pista da ballo erano di colore bianco immacolato. La parete più lontana del magazzino era tutta altoparlanti giganteschi e una pedana rialzata dove, apparentemente, i DJ facevano la loro magia ogni notte. Ci avevano detto, quelli che conoscevano il posto, che era una fiorente vacca da mungere. Dal giovedì alla domenica sera il posto era pieno di gente. I soldi, guadagnati sia legalmente che illegalmente, cadevano a palate nelle tasche di Burns.

Tutti erano d'accordo, Rick Burns era un bubbone incancrenito sul culo dell'umanità. Nessuno si lamentava della sua morte. Nessuno era sorpreso dal modo in cui la sua carta di credito era stata cancellata. Ma cosa interessante... nessuno aveva creduto nemmeno per un momento che Roscoe Tanner, contabile e dipendente di fiducia di Rick Burns, avesse il coraggio di scacciare una mosca dai suoi libri contabili, tanto meno di portargli via la pistola e spargli sei volte al petto e alla testa.

Rick Burns era stato brutalmente assassinato. Ma non era stato Roscoe Tanner. O, almeno, questo è quello che ci hanno detto le circa dieci persone con cui abbiamo parlato nel locale vuoto. Roscoe era un ragazzo troppo gentile per fare del male a qualcuno.

Eravamo nell'ufficio privato di Burns, dove era stato commesso l'omicidio, e ci fissavamo. Avevamo appena interrogato tutti quelli che erano lì la notte in cui Burns fu ucciso. Tutti avevano un alibi. Nessuno credeva che Roscoe fosse un assassino. Ovviamente, era stato incastrato. Da chi, nessuno poteva dirlo. La lista dei potenziali sospetti, dicevano, comprendeva quasi tutta la città.

Come ho detto. Rick Burns non era un bravo ragazzo.

"Cosa abbiamo in questo momento che provi o confuti la colpevolezza o l'innocenza del nostro Roscoe", dissi, appoggiandomi alla porta dell'ufficio e sogghignando con disinvoltura al mio partner.

"Uno", annuì Frank, sollevando una mano e un dito per iniziare la discussione. "Abbiamo l'arma del delitto, la 357 di Burns, ancora calda e con le impronte di Roscoe dappertutto. Se non è stato il piccoletto a sparare, chiunque abbia premuto il grilletto è stato abbastanza furbo e freddo da cancellare le impronte dalla pistola e poi, in qualche modo, ha fatto sì che il nostro ometto prendesse la pistola e la impugnasse abbastanza saldamente da aggiungere le sue impronte."

"Due", continuai, sollevando una mano con due dita alzate in aria. "Tutti sapevano che Burns è stato qui in ufficio tutta la notte. Ma nessuno ha sentito la sparatoria a causa della dannata musica che c'era fuori. Era così forte che tutti sono tornati a casa completamente sordi."

"Tre", aggiunse Frank. "L'unica persona che qualcuno ha visto entrare o uscire dall'ufficio era Roscoe Tanner. L'unico."

"Nessun altro", dissi, scuotendo la testa e sorridendo. "Ma c'è un'altra porta che conduce all'ufficio. Esce in un vicolo dietro l'edificio. Qualcuno potrebbe essere entrato da lì e aver steso il nostro amato defunto."

Ci girammo contemporaneamente e fissammo per un momento o due la seconda entrata. Poi decidemmo di controllare. La porta conduceva a una rampa di scale che portava giù nel vicolo. Il vicolo sarebbe stato, all'ora della sparatoria, nero come una miniera di carbone chiusa della Pennsylvania a mezzanotte. Ma, curiosamente, trovammo qualcosa. Un piccolo pezzo di plastica scintillante che giaceva sul cemento proprio accanto al gradino più basso della rampa di scale. Un rossetto.

Restammo nel vicolo a guardare il tubetto di rossetto. Fu Frank a rompere il silenzio.

"Cosa spinge un omino senza volto ad ammettere di aver ucciso un uomo con la sua stessa pistola e a non darci un movente?"

"Una donna", dissi con leggerezza.

"È sempre una donna", disse Frank mentre guardavamo il rossetto che giaceva accanto ai gradini.

"Questo, amico mio, è un atteggiamento molto sessista. Dovresti essere in preda a una profonda angoscia per aver detto una cosa del genere", dissi, guardando Frank e sorridendo.

"Lo so. Dovrei ", annuì solennemente il gigante dai capelli rossi. "Ma non me ne frega niente dell'angoscia. O di qualsiasi cosa tu abbia detto."

"Il problema è", sottolineai a bassa voce. "Chi? Questo posto attira belle donne ogni notte. Non ci sono telecamere di sicurezza qui fuori. Quindi, chi stiamo cercando?"

Lavoro di polizia. Si fanno domande. Si scava per trovare indizi. Ti accasci sulla tua sedia alla stazione e rimugini sulle cose. Metti insieme i pezzi del puzzle in un modo. E poi provi in un'altra direzione. Alla fine, sei fortunato. Succede qualcosa. Un'idea insolita viene fuori, e improvvisamente stai fissando una possibilità.

L'idea fuori dal comune era quella di controllare i possibili nastri delle telecamere di sicurezza degli stabilimenti che fiancheggiavano il *Valentino's Grotto*. Forse qualcosa sarebbe saltato fuori. Quello che saltò fuori fu il nastro di un negozio di autoricambi che si affacciava sulla strada a mezzo isolato dalla scena del delitto. Proprio dietro l'angolo della strada che passa davanti al nightclub del magazzino. La telecamera era rivolta verso la strada e aveva una chiara visuale dell'entrata del vicolo. Lo stesso vicolo che correva direttamente dietro il club. All'incirca al momento dell'omicidio un'auto era uscita rombando dal vicolo, il conducente dell'auto si era messa a girare bruscamente il volante per fare un'urlata curva a destra prima di partire a tutto gas.

L'autista era una donna. Una rossa. Guidava una Camaro convertibile rossa. Sul sedile accanto a lei c'era un uomo. Un uomo che abbiamo riconosciuto immediatamente. Un tizio di nome Henry Rodriguez. Uno dei disc jockey di Rick Burns.

Qualche ricerca in più e abbiamo scoperto che il nome della donna era Samantha Carter. Anche lei era un'impiegata di Rick Burns. Qualche altra domanda buttata a caso e scopriamo che Henry e Samantha erano in un inferno ardente di un'avventura romantica. Abbiamo anche saputo che entrambi avevano avuto di recente accesi scambi, se non veri e propri scontri a fuoco, con il loro capo circa una settimana prima dell'omicidio. Per i soldi. Un sacco di soldi. Non c'è voluto molto per trovarli e farli portare al distretto.

"Ho trovato qualcosa di curioso su voi due", cominciò Frank, tirando fuori una sedia da sotto il tavolo, poggiando una taglia quattordici al centro della sedia e piegandosi in avanti per appoggiare un gomito sul ginocchio sollevato. "L'altro ieri sera quasi mezzo milione di dollari è stato depositato in un conto che voi due condividete. Mezzo milione. Devo chiederlo. Come fanno un DJ e una cameriera a trovarsi improvvisamente con cinquecentomila bigliettoni nel bel mezzo della settimana?."

"Abbiamo scoperto qualcos'altro", buttai lì, in piedi dall'altra parte del tavolo rispetto a loro, appoggiandomi casualmente al muro con le mani nei pantaloni. "Abbiamo otto testimoni che affermano di aver sentito Burns accusare voi due di aver rubato migliaia di dollari dalla cassa e di averlo fatto per anni. Dicono di averlo sentito urlare contro di voi diverse volte nel corso dell'ultimo mese. L'hanno anche sentito dire che vi avrebbe ucciso entrambi se non aveste restituito ogni centesimo entro la fine del mese. "

I due seduti dietro il tavolo di legno erano il manifesto del terrore. Entrambi sembravano spaventati a morte. Come se avessero visto la periferia dell'inferno nello specchietto retrovisore e non gli piacesse la vista, o gli odori di quel posto. Soprattutto Rodriguez sembrava che stesse per avere un infarto.

"Guardate... detective", cominciò, alzando una mano in segno di supplica. "Quel denaro non è nostro. Ci siamo alzati stamattina e siamo andati in banca per prelevare un po' di soldi ed è stato allora che abbiamo avuto la notizia che siamo in attivo di mezzo milione. Non ha senso. Noi... siamo spaventati a morte, ragazzi. Qualcuno vuole incastrarci per l'omicidio di

Rick. Così, siamo scappati. Abbiamo lasciato i soldi sul nostro conto e abbiamo deciso di scappare finché ne avevamo la possibilità."

"Nick sta dicendo la verità. Rick è impazzito nelle ultime settimane", saltò in fretta la rossa. Le sue mani tremavano. Le pupille dei suoi occhi non erano altro che punte di spillo per la paura che le scorreva nelle vene. Sulla fronte si stavano formando piccole perle di sudore come denti di leone che spuntano in un prato. "Ci ha accusato di avergli rubato dei soldi. Ha accusato Roscoe. Ha accusato praticamente tutti quelli che lavorano per lui! Ti dico che siamo innocenti. Non abbiamo rubato niente, e di sicuro non abbiamo ucciso Rick! Siamo innocenti!"

Diedi un'occhiata a Frank. Frank, accigliato, ancora appoggiato su un ginocchio, mi guardò per un momento, ma tacque. Sappiamo cos'è la paura. Conoscere l'autentico dal falso. In silenzio eravamo entrambi d'accordo. Questi due erano spaventati a morte.

"Roscoe ha fatto la cresta sui soldi?" chiesi, guardando di nuovo gli amanti.

"Io... noi... davvero non lo so", rispose Rodriguez, sorridendo nervosamente, dopo aver dato un'occhiata alla donna, non sembrava affatto convincente. "Voglio dire, andiamo. Se c'è qualcuno che può sapere come truffare Rick alle sue spalle, quello è Roscoe. Voglio dire, lo sapete. Roscoe era il contabile di Rick. Gesù. Sapeva dove erano tutti i conti bancari di Rick più di Rick, per la miseria!"

"Burns scopre chi è il vero ladro, lo accusa nel suo ufficio, e questo piccolo uomo prende la pistola di Rick e gli spara a morte? È questo che ci stai dicendo?" Frank brontolò, suonando ovviamente poco convinto.

I due davanti a noi si guardarono l'un l'altro e poi di nuovo verso di noi. Rodriguez aveva lo sguardo di uno che stava per vomitare la colazione della mattina. La donna, che si chiamava Samantha Carter, stava cercando di calmarsi. Ma era troppo agitata. Non sapeva cosa fare con le mani. Una gamba continuava a sferragliare su e giù come un martello pneumatico fuori controllo. La paura li rendeva nervosi come falene impigliate in una ragnatela.

"Andiamo", dissi, sorridendo e guardando direttamente Rodriguez. "Cosa stai nascondendo? Potresti anche parlare. Lo scopriremo comunque."

"Ascolta, non è stata una nostra idea. È stata di Roscoe." Rodriguez sbottò all'improvviso. Come una diga debole che si sforza di far scaturire le acque su un villaggio ignaro. "Tutto quello che volevamo erano dieci, forse ventimila e poi ce ne saremmo andati. Lasciare la città e non tornare mai più. Ma poi Roscoe... Roscoe ci ha beccati e..."

"Ci ha detto che con un po' di pazienza e un po' di fortuna avremmo potuto dividere forse uno, forse due milioni di dollari e nessuno avrebbe notato la differenza", disse lei, franando come una valanga, desiderosa di far uscire le parole dalla sua bocca. "E stava anche funzionando! Fino a quando..."

"Finché non è arrivato il cugino di Rick, Lawrence. Gesù. Se pensate che Rick fosse spaventoso dovreste dare una lunga e dura occhiata a suo cugino. Voglio dire, quel tipo sembra il fratello maggiore di Hannibal Lecter. Ve lo dico io, Lawrence è un pazzo certificato!"

"Aspetta un attimo", ringhiò Frank, alzando un palmo di mano verso i due, chiedendo silenzio mentre lasciava cadere il piede dalla sedia di legno e si raddrizzava. "State dicendo che *stavate facendo* la cresta alla cassa e poi Roscoe vi ha beccato. Ma anche Roscoe stava facendo la stessa cosa e coinvolge voi due nel suo piccolo schema. È questo che state dicendo?"

"Sì", dissero i due allo stesso tempo, annuendo simultaneamente con la testa. "È quello che stiamo dicendo. Roscoe ha messo in atto questo piano negli ultimi cinque anni. Faceva la cresta sui soldi da sotto gli occhi di Rick da non so quanto tempo. Il nostro compito era quello di prendere sacchi di soldi, e intendo grossi sacchi di verdoni, e guidare attraverso lo stato fino a una piccola banca in qualche cittadina dimenticata da Dio e infilare i soldi in una serie di cassette di sicurezza."

"Da quanto tempo va avanti?" chiesi.

"Con noi che trasportiamo il bottino? Un po' più di un anno", rispose la donna, sorridendo debolmente. "Abbiamo circa duecentomila dollari nella nostra cassa. Più o meno."

"Allora, da dove vengono questi cinquecentomila?" chiese Frank.

"Questo è quello che stiamo cercando di dirti!" Rodriguez urlò eccitato, quasi saltando dalla sedia. "Non abbiamo un cazzo di indizio! Sono apparsi il giorno dopo l'omicidio di Rick. Non sappiamo da dove vengano. Non sappiamo chi l'ha depositati. Ma devo dirvi che ci spaventa a morte. Abbastanza da farci decidere di lasciare la città. E lo stavamo facendo quando ci avete preso."

"Parlaci del cugino di Rick. Questo Lawrence", dissi, sollevando un sopracciglio curioso. "Cosa c'entra lui in questo quadro?"

"Rick e Lawrence erano soci in un paio di bische. Sono anche immischiati nelle lotterie clandestine. Per come la vedo io, Lawrence un giorno, circa sei settimane fa, ha chiamato Rick senza preavviso, chiedendo soldi. Grosse somme di denaro. Da quello che ho sentito l'incontro non è stato piacevole per Rick."

"È più o meno il periodo in cui Rick ha cominciato ad accusare tutti di rubare", ha aggiunto la donna, alzando le spalle. "Io... Nick... Roscoe. Chiunque avesse accesso alla cassa. Voglio dire che è impazzito! Era spaventoso! Minacciava di sparare a tutti se non avessimo restituito tutto quello che gli avevamo preso. E io gli ho creduto!"

Io e Frank ci guardammo e annuimmo. Incriminammo Rodriguez e Carter per un paio di accuse di riciclaggio di denaro e poi facemmo uscire Roscoe dalla sua cella e facemmo sedere di nuovo il suo piccolo e magro groppo sulla sedia calda della stanza degli interrogatori. Frank aspettò che il piccolo uomo fosse seduto composto sulla sedia, con le mani in grembo, uno sguardo di neutralità negli occhi, una faccia vuota dipinta sui lineamenti mentre ci guardava. L'omone annuì e cominciò a camminare intorno al lungo tavolo da conferenza. Camminò lentamente, minacciosamente, intorno al tavolo e si mosse dietro il piccolo contabile, prima di raggiungere con grandi zampe e afferrare violentemente lo schienale di legno della sedia su cui Roscoe era seduto. La sedia si spostò da un lato così violentemente che il piccolo uomo dovette abbassarsi e afferrare la seduta per aggrapparsi.

Chinandosi, Frank mise le labbra a uno o due centimetri dall'orecchio destro di Roscoe e cominciò a parlare dolcemente. Quasi piacevolmente.

"Ecco cosa pensiamo sia successo, Roscoe. Sei stato beccato. Beccato con le mani nella marmellata. Per anni hai silenziosamente spostato denaro, denaro non ufficialmente registrato in uno o l'altro dei conti di Rick, in qualche posto sicuro che solo tu conoscevi. Ma poi il capo si sveglia. Fa due più due. E tu ne esci con la puzza sotto il naso. Ti affronta. Esige di riavere ogni centesimo o ti ucciderà. Sai che dice sul serio. Ti ucciderà."

"Ma tu non lo uccidi. Non tu", dissi sorridendo, mentre Frank, ancora piegato vicino all'orecchio destro di Roscoe, mi guarda e quasi sorride. "Non c'è traccia di violenza in te. Uccidere qualcuno è al di là delle tue possibilità."

"Ma il cugino di Rick, Lawrence, è abbastanza capace di premere il grilletto", sussurrò Frank dolcemente. "Tu escogiti un piano per tenerti i soldi, o almeno la maggior parte di essi, e allo stesso tempo rimuovi Rick dalla scena in maniera ordinata. Contattate Lawrence, inventate una storia su come suo cugino lo abbia truffato per anni con i profitti guadagnati, e poi vi sedete e aspettate che inizino i fuochi d'artificio. È così che è andata, no? È così che ti sei liberato del tizio che stava per ucciderti e ti sei tenuto anche un bel po' di soldi."

"Non è... quello che è successo, detective. È più complicato di così."

Viene fuori che Roscoe aveva detto la verità. Era complicato.

Dieci ore dopo, io e Frank ci trovammo a camminare sulla sabbia bianca di una spiaggia del sud della Florida, disseminata di bei corpi abbronzati che indossavano bikini molto seducenti e succinti. Abbiamo cercato di adattarci. Eravamo vestiti con pantaloncini corti, camicie hawaiane con motivi folli e infradito. Non sorprende che fossimo i due più vestiti lì. Non ci importava degli sguardi curiosi e delle facce divertite mentre continuavamo a camminare verso l'oceano. Ci fermammo di fronte a un uomo piccolo, sdraiato su un telo da spiaggia, mezzo addormentato. Il suo corpo era bianco come un panetto di pasta. Aveva gambe e petto pelosi. Quando ci fermammo, bloccammo il sole. Le nostre ombre si estendevano apparentemente sulla sabbia come due lapidi. In qualche modo, il ragazzo sdraiato sul telo da mare lo sapeva. Alzando lentamente una mano, si tolse gli occhiali scuri che gli coprivano gli occhi, si mise a sedere, si girò e ci fissò in silenzio.

Rick Burns non sembrava affatto sorpreso di trovarci davanti a lui. Era come se lo ritenesse inevitabile. Senza dire una parola, si alzò in piedi, rimise gli occhiali da sole sul viso, poi mise entrambe le mani dietro la schiena e aspettò di essere ammanettato.

Rick Burns aveva ucciso suo cugino Lawrence. Sapendo che erano copie quasi identiche uscite dallo stesso stampo e sapendo che i test genetici non potevano dire la differenza tra l'uno e l'altro, pensò di aver trovato il modo perfetto per uscire dalla collaborazione con suo cugino. Fece un accordo con Roscoe. Se Roscoe si fosse preso la colpa dell'omicidio, avrebbe potuto tenere la metà dei soldi che il piccolo contabile gli aveva rubato nel corso degli anni. La metà sfiorava i dieci milioni di dollari. Burns convinse Roscoe che nessuno avrebbe mai creduto che avesse ucciso qualcuno. All'inizio le indagini si sarebbero concentrate su Roscoe. Ma alla fine pensò che i poliziotti avrebbero scoperto il mezzo milione nascosto nel conto bancario di Nick Rodriguez e Samantha Carter. Si assicurò che tutti nel club sentissero le sue urla, mentre li accusava di avergli rubato i soldi. Si assicurò che le minacce di ucciderli fossero sentite da un certo numero di impiegati. Era convinto che la polizia alla fine avrebbe accusato Rodriguez e Carter per l'omicidio di Rick Burns.

E quando l'avrebbero fatto, il vero Rick Burns e il piccolo e subdolo contabile sarebbero scomparsi nella notte per non essere più visti.

Il problema era che Rick aveva fatto un piccolo errore di calcolo. A quanto pare, non aveva mai sentito il vecchio cliché secondo cui non c'è rispetto tra i ladri. Peccato. Perché il vecchio cliché è la verità.

Non c'è rispetto tra i ladri.

2

SOLO UNA QUESTIONE DI TEMPO

Uscimmo dal bagliore del neon della porta d'ingresso dell'ospedale e sprofondammo nell'oscurità della notte calda e immobile, come incubi indesiderati. Nessuno dei due aveva voglia di parlare. Dietro di noi, in un'unità di terapia intensiva, c'era un nostro amico che lottava per trovare la forza di fare il prossimo respiro. Una serie vertiginosa di tubi e dispositivi elettronici era collegata al suo corpo. Schermi luminosi dei monitor riempivano la luce soffusa della sua stanza d'ospedale con la nota di ogni respiro, ogni battito cardiaco, ogni impulso elettronico che faceva zapping nel suo cranio. Tranne per il fatto che lo schermo per la scansione del cervello era piatto.

Due pallottole nel petto hanno fatto questo effetto. Ti hanno trasformato in uno zombie. Uno zombie tenuto in vita dalle macchine.

Per quanto i medici potessero dire – cosa che non fecero, ma lo si poteva leggere nei loro occhi – il poliziotto Darnell Goodland era morto. Le probabilità di farcela, dopo tutto il sangue perso, non sembravano buone. Era vivo, sì.

A malapena.

Temporaneamente.

Ma lascia perdere, fratello. Qui non c'era speranza. La speranza ha fatto i bagagli ed è partita in taxi per Cleveland circa un'ora fa.

Abbiamo trovato sua moglie, sua madre, suo padre e i bambini nel corridoio fuori dalla sua stanza d'ospedale. Tutti distrutti dalle emozioni. Gli occhi arrossati da fiumi di lacrime. Espressioni tirate e pallide sui loro volti. E il silenzio. Nessuno diceva una parola. Tutti stavano in piedi davanti alla porta, fissavano i quadrati scuri del pavimento di linoleum e aspettavano che accadesse l'inevitabile.

Era solo una questione di tempo.

Abbiamo cercato di dire qualche parola gentile. Abbiamo cercato di offrire un po' di speranza. Abbiamo abbracciato ognuno di loro e abbiamo detto loro di avere fede. Abbiamo fallito. Ognuno ha sorriso debolmente, i loro occhi si sono riempiti di nuovo di lacrime. Ma ognuno annuì e rimase in silenzio. Negli occhi di ogni membro della famiglia c'era la cruda realtà che il loro marito-figlio-padre se n'era andato. Andato per sempre.

Non c'era niente da fare. Rimanemmo in piedi ancora per qualche minuto e poi li lasciammo. Li lasciammo a soffrire nelle loro tranquille miserie.

Nell'oscurità appiccicosa del parcheggio, Frank e io ci dirigemmo verso la Pontiac GTO convertibile del '66 che avremmo guidato quella sera. Era parcheggiata sotto un palo della luce del parcheggio appena illuminato, da sola, in un vasto mare di asfalto vuoto. Era l'una di notte e il parcheggio sembrava più un obitorio vuoto che altro. Era una notte molto calda. Una notte davvero calda. Qua e là c'erano una o due forme scure di automobili parcheggiate, in attesa che i loro proprietari venissero a reclamarle. Ma a tutti gli effetti, il grande parcheggio era silenzioso come un cimitero quacchero.

Fu allora che notai la figura scura, con le braccia incrociate sul petto e un borsalino a bordi stretti tirato giù sugli occhi, appoggiato al parafango posteriore sinistro. Un uomo piccolo e compatto. Appoggiato al parafango con una gamba incrociata sull'altra. Sembrava rilassato e senza una preoccupazione nel mondo.

Frank lo vide nel momento in cui lo feci io, si fermò accanto a me e grugnì di sorpresa.

Io e Frank siamo poliziotti. Detective della omicidi. Io sono Turner Hahn e il mio partner è Frank Morales. E siamo stati partner per molto, molto tempo. Mentre stavamo nell'oscurità, appena fuori dalla bolla di luce fioca che il palo della luce gettava sopra la GTO, ognuno di noi rimase lì e guardò lo straniero solitario per un secondo o due. E poi, senza dire una parola, ci dividemmo. Frank andò a destra e io a sinistra. Ognuno di noi estrasse le armi dalle fondine a spalla nel processo.

"Turner... Frank. Non c'è bisogno di fare niente di stupido. Non sono qui in veste ufficiale per quanto riguarda voi due."

La voce.

Così particolare.

Così unico. Così immediatamente riconoscibile. Un sussurro forte. Abbastanza morbido da non essere trasportato troppo lontano. Ma abbastanza forte perché ognuno di noi potesse sentirlo chiaramente. Fermandomi a metà strada mi girai e lanciai un'occhiata a Frank e poi, con la Kimber calibro 45 ancora in mano, cominciai a camminare verso la figura scura.

Il suo nome era Smitty. Senza dubbio era l'assassino più freddo, professionale ed efficiente che avessi mai incontrato.

Uno così bravo che né io né Frank avevamo mai trovato prove sufficienti per arrestarlo. Anche se avessimo potuto trovarlo.

Se Smitty non voleva essere trovato, nessuno ci sarebbe riuscito. Scompariva. Svanire nella notte in silenzio. Come un ripensamento. Come un brutto sogno. Come un episodio di influenza. Era davvero bravo.

Il fatto che fosse appoggiato al parafango posteriore della GTO, con le braccia conserte sul petto, significava che voleva essere trovato. Voleva parlare. Questo, di per sé, mi fece venire i brividi lungo la schiena. Poteva non essere qui per parlare con noi in veste ufficiale. Ma questo non significava che fosse qui, a quest'ora del mattino, in questo parcheggio del più grande ospedale della città, per scambiare chiacchiere di lavoro con due vecchi poliziotti esperti come noi. Era qui per un motivo. Un motivo che in qualche modo coinvolgeva me e Frank.

"Sei tu il responsabile di quello che è successo là dentro?" Frank scattò, il suo viso come un temporale scuro che stava per aprirsi mentre muoveva un pollice sopra la spalla verso l'ospedale.

"Sono arrivato troppo tardi per fermarlo, Frank. Lo giuro. Il ragazzo è stato un errore. Nel posto sbagliato al momento sbagliato. Si è imbattuto in qualcosa da cui non aveva alcuna possibilità di uscire vivo. Era una trappola preparata per colpirmi. Sfortunatamente, lui è arrivato per primo. Sono stato io a trovarlo. Sono stato io a chiamare la polizia."

Annuii. Era stata una chiamata anonima al 911 che aveva mandato sul posto l'ambulanza e un paio di auto della polizia. Avevano trovato il ragazzo, un agente di pattuglia alle prime armi di appena trent'anni, disteso sulla strada bagnata accanto alla porta aperta della sua auto bianca e nera. Sdraiato a faccia in su sul marciapiede con sangue ovunque.

"Ok", dissi, annuendo. "Ti ascolteremo. Di cosa si tratta?"

"Qualcuno mi vuole morto. A quanto pare, un conoscente

con cui ho avuto a che fare nelle ultime ventiquattro ore si è, diciamo, offeso per come l'ho trattato. Circa un mese fa sono stato assunto da qualcuno che conosci per trovare un tizio di nome Normal Jones. Non sarà una sorpresa sapere che Normal ha l'abitudine di prendere cose che non gli appartengono. Mi è stato chiesto di trovare lui e la cosa che ha preso e di restituirla al suo legittimo proprietario."

"Uh oh", grugnii, sorridendo e scuotendo la testa. "Conosciamo questo tizio. Ha una famiglia. Una grande famiglia. Una famiglia potente."

La sagoma scura di un volto sotto il becco a scatto del borsalino, che nascondeva strategicamente e magistralmente la maggior parte del volto dell'uomo, immaginavo un sorriso crudele sulle sottili labbra scure. Anche quel sorriso mi fece venire i brividi lungo la schiena.

"A quanto pare sì."

"Hai trovato Normal?" chiese Frank.

"Ho trovato lui e l'oggetto che aveva preso in prestito. Normal si è arrabbiato quando ho insistito per riportare l'oggetto al suo legittimo proprietario. Sono state dette delle parole. Forse, solo forse, badate, il disaccordo è diventato piuttosto violento. Alla fine, Normal ha ceduto."

"Normal è ancora tra i vivi?" Frank grugnì, strofinandosi un indice sulla tempia destra.

"Lo era quando l'ho lasciato", la risposta piombò nel buio.

"Allora perché sei qui a dircelo? O vuoi che facciamo qualcosa per te?", chiesi.

"Ho un affare che potrebbe interessarti", il sibilo di una voce tornò da sotto il fedora. "So chi è il tizio che ha premuto il grilletto e sparato alla tua recluta. L'unico problema è che lavora per Normal. E Normal si sta nascondendo in questo momento."

"Ah," annuì Frank quasi sorridendo. "Vuoi che inseguiamo

l'assassino nella speranza di farlo uscire allo scoperto. E nel processo, scovare anche Normal."

"Noi prendiamo il tiratore. Tu fai fuori Normal. È questo che stai dicendo?" chiesi, mettendo nella fondina la Kimber, nel frattempo. "Rendendoci così complici di un omicidio."

"Non ho detto che avrei tolto un solo capello della testa di Normal. Spero solo che tu possa trovarlo per me, dando la caccia al suo tiratore numero uno."

"Cosa vuoi fare con lui?" chiesi.

"Se il mio piano funziona, andranno entrambi in prigione. Normal farà una confessione completa. Dichiarerà di aver dato l'ordine di sparare al poliziotto. Tutto quello che devi fare è trovarlo. Nelle prossime quattro ore."

"Cosa? Quattro ore?" Frank riprese, sollevando un sopracciglio per la sorpresa. "Cosa sta succedendo?"

"Devo incontrare qualcuno tra quattro ore. Arriva in aereo da Denver. È una di quelle riunioni da cui non ci si può tirare fuori. Ecco perché chiedo aiuto a voi due. Conoscete Normal e i suoi amici molto meglio di me. Sono sicuro che riuscirete a trovarlo più velocemente di me. Sono disposto a lavorare con voi, se voi lavorerete con me. Allora, che ne dite? Abbiamo un accordo o no?"

Aggrottai la fronte e diedi un'occhiata al mio compagno. Lui inclinò la testa da un lato e scrollò le spalle. A entrambi non piaceva l'accordo. Avevamo la sensazione che ci stesse nascondendo qualche informazione vitale. D'altra parte, Smitty era Smitty. Di solito, diceva la verità. Se diceva che avrebbe fatto qualcosa, faceva esattamente quello. Aveva detto che avremmo ammanettato sia l'assassino che Normal e li avremmo sbattuti dietro le sbarre. Era un accordo che non potevamo rifiutare.

"Ok", annuii. Ma mi sentii a disagio nel farlo. "Staniamo l'assassino. Chi stiamo cercando?"

"Il braccio destro di Normal. Gordon Strong."

Conoscevamo Gordon Strong. Un bel sociopatico che poteva affascinare le vecchie matrone e le donzelle dagli occhi dolci. Ma che godeva anche dell'atto di infliggere dolore agli altri. Io e Frank abbiamo arrestato due volte Gordon per sospetto omicidio. Il suo capo, Normal, è riuscito in qualche modo a scagionare il suo braccio destro dalle accuse entrambe le volte. Avevamo dei conti da regolare con Normal Jones e Gordon Strong.

Quindi sì, avevamo un forte interesse a dare la caccia ai due. Ma ancora, guardando l'assassino avvolto nell'ombra accanto a me, appoggiato alla GTO, non potevo fare a meno di pensare che ci fossero delle carte che Smitty non stava mostrando. Ma quale altra scelta avevamo?

"Lo facciamo o no?" risuonò la voce sommessa che sussurrava nella notte.

"Lo faremo", risposi per entrambi, con Frank che annuiva in accordo.

Smitty si allontanò dalla GTO, scivolò tra noi due e iniziò a camminare attraverso il parcheggio semideserto. Io e Frank lo guardammo scomparire nell'oscurità dall'altra parte del mare di asfalto. Grugnendo, Frank mi diede un'occhiata e poi aprì la porta lato passeggero della decappottabile e scivolò nel sedile a secchiello proprio mentre io scivolavo dietro il volante e premevo l'interruttore di accensione.

"Sai che sta nascondendo qualcosa."

"Lo so", dissi mentre facevo scivolare il cambio in seconda e iniziavo a far avanzare l'auto. "Ma per ora, faremo la nostra parte."

Così facemmo. Si scoprì che non era poi così difficile trovare il vecchio Gordon.

Gordon aveva un fratello minore. Il ragazzo si chiamava

Jessie. Jessie Strong. Una testa calda e intelligente che pensava di essere un giocatore d'azzardo. Non era cattivo come suo fratello maggiore. Non uccideva la gente per profitto o per piacere. Ma gli piaceva fregare i soldi alla gente. Era un grande appassionato di estorsioni. Gli piaceva truccare le grandi partite di poker. E noi sapevamo dove trovarlo.

Guidando attraverso la città, con la capote abbassata e l'aria calda della notte d'estate che giocava tra i nostri capelli, nessuno di noi disse una parola. I nostri pensieri erano rivolti al poliziotto che giaceva in un letto d'ospedale con tubi che gli uscivano e aggeggi elettronici che suonavano e borbottavano in un monotono ronzio. Alla sua famiglia in lutto. Ai suoi figli che non avrebbe mai più visto e toccato. La tranquilla agonia di sua moglie seduta, con gli occhi rossi tutta prosciugata dal pianto, che aspettava tranquillamente che la morte reclamasse la sua anima gemella. E soprattutto sapendo che non c'era una dannata cosa che potessimo fare per cambiare le cose in meglio.

Tranne, forse, trovare il bastardo che lo aveva ridotto così, portarlo dentro vivo e buttarlo in prigione per il resto della sua piccola vita da topo.

Nell'oscurità, ci sedemmo in macchina e aspettammo che la partita di poker si interrompesse. Dall'altra parte della strada e lungo tre edifici c'era un negozio vuoto di proprietà di un amico dei fratelli. Le finestre erano oscurate. La porta d'ingresso aveva una gabbia di barre d'acciaio che impediva a chiunque di entrare. Anche le finestre del piano terra avevano grate d'acciaio. Ma la porta sul retro funzionava. La porta che si apriva su un vicolo buio. Qui era dove avremmo trovato il fratellino di Gordon.

Dopo che l'ultimo babbeo uscì dalla porta posteriore e scomparve nell'oceano oscuro del vicolo, io e Frank uscimmo dalla macchina e ci dirigemmo verso l'edificio. Entrare nel posto non era un problema. Non se hai Frank come partner. Le nocche pelose dell'omone bussarono due volte sulla porta posteriore di legno massiccio dell'edificio, dolcemente. Un piccolo sportello all'altezza dello sguardo si aprì e un paio di occhi apparvero dall'altra parte della porta. Una delle guardie del corpo di Jessie che aveva sempre con sé nelle serate di gioco. Lo spioncino si aprì e gli occhi apparvero quasi nello stesso momento in cui un pugno arrotolato, grande come un piatto da portata, si fece strada attraverso lo sportello colpendo la faccia del delinquente.

Ci fu un grugnito di dolore. Poi l'inconfondibile suono di un corpo molto pesante che sbatteva sul pavimento. Frank fece un passo indietro e usò la sua scarpa numero quindici per dare un calcio alla porta. La porta, di quercia pesante e lucidissima, rimase intatta. Ma il colpo scheggiò il telaio come un pretzel spezzato a metà. Noi due passammo attraverso la porta nel momento in cui si aprì.

Colpii il secondo ceffo con il calcio della mia Kimber calibro 45 proprio quando una delle grosse mani muscolose di Frank si allungò e afferrò Jessie che balzava in piedi dal tavolo da gioco e si girava per darsi alla fuga. Invece, il culo del ragazzo ventiduenne fu trascinato in aria da Frank e poi gettato come una bambola di pezza sulla sedia di legno che aveva appena lasciato.

Ho dovuto sorridere. La faccia di Jessie era così bianca che avrebbe fatto sembrare abbronzato anche Casper il fantasma. Alzò lo sguardo verso Frank e poi verso di me, e ancora più colore scomparve dalla sua faccia.

"Ascoltate! Non ho niente a che fare con l'uccisione di un poliziotto. Niente! Sono stato qui a giocare a carte nelle ultime venti ore. Potete chiedere a chiunque sia stato qui. Garantiranno per me!"

Il blocco di cemento rettangolare dai capelli rossi chiamato Frank si chinò e spinse la sua faccia quasi fino al naso del ragazzo. L'espressione sulla faccia di Frank non era piacevole. Non che Frank potesse essere considerato bello da qualcuno. Ma quando il ragazzone si arrabbia. Beh, diciamo solo che può spaventare a morte Dracula. Un Dracula con o senza un paletto di legno conficcato nel petto.

"Ti piacciono i trucchi con le carte, Jessie?" disse Frank, la sua voce incredibilmente morbida e quasi gentile che suonava in un tenore stranamente acuto, riempiva minacciosamente l'aria ferma dell'edificio buio. "Ho sentito che ti piacciono i trucchi con le carte. Lascia che ti mostri un trucco. So che ti piacerà. Guarda."

C'era un nuovo mazzo di carte, ancora nel suo involucro, sul tavolo da gioco di fronte a Jessie. Frank si alzò, prese il mazzo di carte dal tavolo, spinse il mazzo, ancora nel suo involucro, direttamente davanti al naso di Jessie e poi usò entrambe le mani e semplicemente strappò la scatola e le carte a metà. Facile come se avesse strappato a metà una multa. Tutte le cinquantadue carte *e* la scatola.

Prova questo piccolo trucco, amico, quando vuoi impressionare qualcuno.

E buona fortuna.

Ma non aveva finito. Piazzò una metà delle carte strappate sul tavolo di feltro verde di fronte a Jessie e posò l'altra metà sopra la prima. E poi, improvvisamente e inaspettatamente, come se un martello pneumatico di dimensioni industriali si fosse materializzato dal nulla, il pugno di Frank *sfondò il* mazzo di carte strappato *attraverso il* piano del tavolo di feltro verde. Jessie saltò dalla sedia come se fosse stato colpito da una scossa elettrica. Ma Frank spinse il ragazzo di nuovo a sedere e si chinò per parlargli di nuovo.

"Abbassati e raccogli il mazzo di carte da terra, ragazzo. Guardale da vicino. Molto da vicino."

Il ragazzo, che tremava così tanto dal terrore che i suoi denti battevano e tintinnavano udibilmente nell'aria ferma, aveva a malapena il controllo delle sue funzioni corporali per soddisfare la richiesta di Frank. Ma si chinò e recuperò il mazzo di carte. Il mazzo di carte strappato.

Solo che non erano strappate. Erano immacolate. Un mazzo di carte fresco e intatto giaceva sul pavimento ai piedi di Jessie.

Jessie, tremando violentemente, sbatté gli occhi increduli sul mazzo di carte nelle sue mani e poi guardò Frank con occhi spalancati e sporgenti. Frank sorrise. Sorrise quasi piacevolmente. In un modo malato, pieno di testosterone.

"Come avrai capito, Jessie. Non sono di buon umore in questo momento. Voglio trovare tuo fratello. Mi dirai dove si trova. Non è vero? "

Ci vollero uno o due secondi perché il ragazzo riuscisse finalmente a parlare in modo coerente. Ma ce lo disse. Qualche secondo dopo, tornando verso la GTO nell'oscurità, e dopo aver lasciato Jessie Strong ancora seduto nell'edificio vuoto dietro di noi, guardai il mio amico e sorrisi.

"È stato impressionante. Come hai fatto con il trucco delle carte?."

Le labbra di Frank si contrassero. La sua versione di una risata.

"C'erano due mazzi di carte nuove sul tavolo. Non uno solo. Ho solo nascosto il secondo mazzo e poi li ho scambiati quando li ho colpiti attraverso il tavolo. Il povero ragazzo era troppo spaventato per vederlo."

"Complimenti, killer!" grugnii di ammirazione quando raggiungemmo la decappottabile e scivolammo nei sedili. "Non l'ho visto nemmeno io."

Sì, è vero. Quando Frank vuole può essere davvero veloce. E sì. È spaventoso come l'inferno, a pensarci.

Venti minuti dopo io e Frank ci ritrovammo a camminare su un marciapiede buio davanti a una piccola casa in stile ranch in quello che di solito è un quartiere molto tranquillo. Ma non quella sera. Quella sera, tre furgoni neri per le consegne erano parcheggiati in strada, insieme a cinque auto di pattuglia, tutte con le luci di emergenza accese e che illuminavano l'intero isolato con luci rosse, bianche e blu. Ogni furgone era un'unità TAC della polizia in piena attrezzatura e armata con abbastanza armi da iniziare una piccola guerra. Le tre unità circondavano la piccola casa con un intento minaccioso ineluttabile per l'occhio errante. Aggiungete gli altri agenti in uniforme, tutti con le pistole estratte, e la situazione era abbastanza chiara a tutti. Nessuno in quella casa ne sarebbe uscito vivo, a meno che non si fosse arreso e fosse uscito con le mani sopra la testa.

Io e Frank stavamo camminando sul marciapiede per accettare la resa di Normal Jones e Gordon Strong. Il che, francamente, mi ha sorpreso da morire. Non pensavo che nessuno dei due si sarebbe arreso così. E non avrei mai pensato che si sarebbero arresi senza una *qualche* forma di lotta. Ma l'hanno fatto. Proprio così.

Mentre li accompagnavamo verso un auto, ognuno di noi affiancando i due, ho dovuto chiedere. Dovevo chiedere a Normal perché si era arreso.

"Ho ricevuto una telefonata. Da un uomo morto."

Più tardi, al distretto, Frank e io guardammo il cellulare di Normal e rintracciammo le ultime due chiamate in entrata che aveva. L'ultima ci mandò su una strada vertiginosa di follia, Smitty.

Abbiamo rintracciato l'ultima chiamata all'Hotel LeBlanc in centro. Giusto nella sua opulenza il LeBlanc. Solo i ricchi vi soggiornano. O, *a quanto pare, i* sicari di alto livello. Più o meno nel momento in cui abbiamo scoperto il LeBlanc, l'ufficio prenotazioni al piano di sotto ha chiamato nella sala della squadra e ci ha detto che c'era un cadavere in un ascensore dell'Hotel LeBlanc. Un corpo che avremmo potuto trovare molto interessante.

Infatti. Il nome del morto era Harry Reid. Da Detroit. L'Harry Reid di Detroit. Forse il più noto sicario in circolazione. Finché qualcuno non gli ha spezzato le braccia prima di infilargli il freddo acciaio di uno stiletto nel cuore, dopo una lotta molto violenta tra gli stretti confini dell'ascensore.

Abbiamo i nastri della sicurezza dell'hotel. Abbiamo visto *esattamente* cosa è successo. E, Madonna, è stato incredibile da guardare. Abbiamo usato l'intera stanza della squadra, avevamo un grande schermo per guardare i nastri. Ogni poliziotto del distretto che era riuscito a liberarsi era lì a guardare con noi. Sapevamo tutti chi fosse l'assassino. Smitty. Doveva essere Smitty. Ma non c'era modo di provarlo.

Il nastro mostrava Harry Reid che faceva il check-in alla reception dell'hotel e camminava attraverso una hall semideserta dell'hotel verso gli ascensori. Perché ha scelto quell'unico ascensore, e come diavolo Smitty *sapeva che* avrebbe scelto quell'ascensore, sarà un enigma che non verrà mai spiegato. Ma Reid lo fece. Quando le porte dell'ascensore si aprirono, entrò, si girò e aspettò che le porte si chiudessero. Cominciarono a chiudersi, ma si fermarono e si riaprirono quando una mano apparve all'improvviso e la forma di un uomo anziano e calvo, leggermente piegato dall'artrite e con un bastone, entrò all'ultimo minuto.

Il vecchio annuì, disse qualcosa a Reid, prima di spostarsi su un lato dell'ascensore. Le porte si chiusero e l'ascensore fece un leggero sobbalzo mentre cominciava a salire. Fu allora che Smitty cominciò a fare il suo mestiere. Il vecchio, appoggiato al suo bastone, si voltò verso il silenzioso Harry Reid e disse qualcosa. Reid sobbalzò. Saltò fisicamente. Come se fosse stato colpito da una scossa elettrica. Lasciò cadere l'unica valigia che teneva nella mano destra mentre si girava e la sollevava per estrarre la pistola dalla fondina. Ma il vecchio, ovviamente *Smitty travestito,* si mise al lavoro.

Le mosse di Smitty non erano altro che una macchia di mani e piedi. Era feroce. Un uomo così piccolo capace di colpire un uomo più grande come Reid e di *sollevare* l'uomo più pesante era sorprendente da vedere. Piedi, pugni, gomiti, ginocchia, erano tutte armi per Smitty. Anche se il nastro di sicurezza dell'ascensore era silenzioso, mentre tutti noi guardavamo, *potevamo quasi* sentire le ossa che si rompevano in ciascuna delle braccia di Reid all'arrivo di ogni colpo. E tutti noi saltammo di sorpresa quando vedemmo la lama dello stiletto nella mano di Smitty materializzarsi improvvisamente dal nulla e mordere profondamente il petto di Reid.

Ma quello che venne dopo ci sorprese tutti. Chinandosi, il vecchio raggiunse la tasca del cappotto del morto ed estrasse il suo cellulare. In piedi, Smitty compose con calma un numero, sollevò il cellulare all'orecchio, poi disse forse quattro, cinque frasi. Quando le porte dell'ascensore si aprirono, Smitty, ancora perfettamente travestito da vecchio, gettò con calma il telefono sul petto dell'uomo, passò sopra il corpo senza vita di Reid e scomparve.

Semplicemente scomparso. Per quanto possibile, non siamo riusciti a trovare un'altra telecamera di sicurezza con l'immagine del vecchio. Smitty è semplicemente scomparso.

Fu quella telefonata a convincere Normal Jones che lui e Gordon avrebbero avuto più possibilità di vivere se i due si fossero arresi e avessero confessato i loro peccati. Nessuno dei due ha voluto dirci cosa gli abbia detto Smitty. Ma qualunque cosa fosse, fu sufficiente a convincerli che una confessione non era l'ultima delle loro preoccupazioni.

Caso chiuso. Smitty scivolò nella notte e non fu più visto. E oh... alle 7:45 del mattino l'agente Darnell Goodland scivolò via silenziosamente e morì senza mai svegliarsi. Lasciandosi alle spalle una famiglia devastata.

È interessante notare che quando arrivò il momento, la famiglia trovò che tutte le spese per il funerale erano già state pagate per intero. La generosità di qualche benefattore sconosciuto.

Solo che io e Frank lo sapevamo.

3

MADHOUSE

Attraverso il muro di luce delle quattro auto di pattuglia in mezzo alla strada e di fronte a me, vidi la sagoma da incubo del mio compagno che camminava verso di me. Una figura uscita da un film horror di serie B. Un maledetto gigante. Come un Hulk miniaturizzato vestito con un enorme trench che copriva un paio di pantaloni e una giacca sportiva che erano circa dieci anni fuori moda. Non che gli importasse, intendiamoci. Frank Morales è uno di quegli strambi iconoclasti a cui non poteva importare di meno del suo abbigliamento. Un grosso facsimile di umano dai capelli rossi che si dava il caso fosse un detective della omicidi dannatamente bravo. E il mio partner negli ultimi dieci anni o più nella divisione investigativa del South Side Precinct.

Quella sera, con il freddo, anche lui aveva deciso di indossare un trench. Di solito, il freddo non lo disturbava. Ma nell'ultima settimana la temperatura si aggirava intorno ai -10 Farenight. Freddo. Così freddo che avrei giurato che ogni volta che espiravo, il vapore acqueo si congelava istantaneamente e si trasformava in fiocchi di neve. Così freddo che il cuoio delle mie scarpe si crepava e si spezzava ogni volta che facevo un passo. Così freddo che mi facevano male le articolazioni. Specialmente il ginocchio destro. Come un figlio di puttana.

Freddo, fratello. Troppo fottutamente freddo per le mie vecchie ossa.

Io? Sono Turner Hahn. Un altro detective della omicidi. Solo un altro poliziotto. Alto come il mio collega, ma non così massiccio. Né così brutto. Ma in realtà, sono bizzarro quanto Frank. Frank sembra un treno merci umanoide con lunghi capelli rossi tirati dietro la testa e attorcigliati in uno chignon da uomo, con un cipiglio permanente appena sotto i baffi color carota che gli decorano la faccia. Io sembro un attore cinematografico morto degli anni Trenta. Quando era vivo; non essendo morto da una novantina d'anni.

E ricco.

Sì, ho un conto in banca grande come Fort Knox. L'ho guadagnato in modo onesto. L'ho ereditato da un nonno che non sapevo fosse ancora vivo. Soldi che arrivano all'improvviso, dopo aver lavorato come poliziotto per dieci anni o più. Vai a capire.

L'aspetto da star del cinema e le mazzette di denaro in un grande conto bancario non ci avrebbero aiutato stasera. Avevamo un cadavere appoggiato a una cassetta della posta all'angolo tra Erin e la decima strada con un buco in fronte causato da una calibro 45 semiautomatica. Il cadavere era seduto in posizione eretta, con le braccia incrociate sul petto, le gambe distese, il mento schiacciato sullo sterno, i grandi occhi blu che fissavano l'infinito. Seduto lì, come se stesse facendo un sonnellino prima di decidere di alzarsi e continuare con la sua vita.

Ma c'era un problema. Non c'era sangue. Nessun mattone con fori di proiettile incisi. Nessun segno di colluttazione. Nessun bossolo vuoto. Il che significa che il nostro amico morto ha passato i suoi ultimi giorni da qualche altra parte e che qualcuno lo ha depositato qui.

Distogliendo la mia attenzione dal cadavere, vidi Frank avvicinarsi a me, con le mani nelle tasche del suo trench, la testa bassa e l'aria decisamente incazzata.

"Vuoi prima la buona o la cattiva notizia?"

"Andiamo con le buone notizie", dissi, con un mezzo sorriso sulla faccia.

"La buona notizia è che abbiamo un'impronta sulla pistola, ed è nel sistema. Un tizio di nome William Goodrich. La pistola è registrata a suo nome. E abbiamo il suo ultimo indirizzo conosciuto."

"Questa *è una* buona notizia", annuii, il sorriso si allargò. "Ora qual è la cattiva notizia?"

"La cattiva notizia è che William Goodrich è morto da otto anni. Il suo ultimo indirizzo conosciuto è il cimitero di Fairview su Ridge Road. E solo per rispondere alla tua prossima domanda, Sherlock. No, il tizio non è uno zombie. E la sua tomba è ancora intatta."

Il sorriso si allargò. Attraverso le nuvole di vapore che i nostri respiri stavano generando e che pendevano immobili sopra le nostre teste, potevo vedere l'aspra sbavatura del viso del mio amico. Gli agenti di pattuglia, troppo vestiti per il freddo, si muovevano intorno a noi, cercando ancora qualche prova da esaminare. Un paio di agenti agitavano le torce, dirigendo un'ambulanza, con le luci rosse e blu che turbinavano, verso la scena del crimine. Era un fottuto manicomio qui fuori, al freddo. Non riuscivo più a sentire le dita dei piedi. Né quelle delle mani. E il ginocchio destro mi stava uccidendo.

"Andiamo. I ragazzi possono finire qui. L'obitorio sta prelevando il corpo. Non c'è più bisogno di stare in giro. Che ne dici di prendere una tazza di caffè e magari una ciotola di chili o due? Mentre mangiamo, penseremo alla nostra prossima mossa."

Frank non disse nulla, ma girò su un tacco e iniziò a camminare verso la CTS-V Caddy station wagon rosso scuro. Sì, è vero. Proprio così. Una *station wagon, parcheggiata* tranquillamente accanto al marciapiede sotto un lampione spento. Salendo in macchina, diedi un calcio al motore, feci ronzare il mostro e sorrisi.

In quante Caddy wagon vi siete mai seduti su una trasmissione manuale a sei velocità e 580 cavalli sotto il cofano? Mettendo il cambio in seconda mi sono girato e ho dato un'occhiata a Frank.

"Una station wagon, per l'amor del cielo. Mi stai prendendo in giro", ringhiò, scuotendo la testa, e poi girandosi a guardare i sedili di pelle e la spaziosa parte posteriore. "Eppure, scommetto che questa bagnarola può fumare le gomme. Quanto fa finora?"

"Uno e ottantacinque", ho detto, scrollando le spalle. "Ma questo prima che arrivassero il freddo e la neve. Il concessionario ha detto che dovrebbe fare 1.95. Facile. Vedremo."

Ok, lo confesso. Mi piacciono le auto veloci. Le colleziono, infatti. Ho un intero piano terra di un magazzino pieno di Muscle Cars degli anni '60 e '70. Ma ho ceduto e ho comprato la Caddy quando è uscita. Una station wagon che poteva fare quasi duecento miglia all'ora era semplicemente troppo da rifiutare.

Quaranta minuti dopo, eravamo seduti in un tavolo d'angolo nel nostro diner preferito a scaldarci le mani intorno a grandi tazze di caffè davanti a noi e ad aspettare che il chili di Dewey, unico nel suo genere, arrivasse in ciotole giganti. Tra il caffè e il chili, era garantito lo scongelamento in pochi minuti. O che ti sarebbe venuta l'ulcera. Quello che arrivava prima.

Osservando Frank seduto dall'altra parte del tavolo, lo vidi emettere qualche suono sul suo cellulare e poi scuotere la testa con disgusto mentre lasciava cadere il telefono in una tasca interna del suo trench.

"Non ci crederai. Il morto? La scientifica ha appena controllato le sue impronte. Anche lui è nel sistema. Tobias Yates. Aveva una gioielleria a Heights. Era sospettato di essere un ricettatore per molti dei truffatori che lavoravano nel settore della gioielleria. Morì otto anni fa di infarto a casa, una sera mentre cenava. La moglie lo seppellì... aspetta di sentire questa... nello stesso cimitero di Fairview che occupava il nostro Richard Goodrich."

"Davvero", dissi, sollevando un sopracciglio con aria interrogativa. "Chi è morto per primo?"

"Goodrich a quanto pare una settimana prima di Yates. Perché?"

"Come è morto Goodrich?"

"Oh, questo ti piacerà. Si è beccato un proiettile in testa. Dalla pistola che è stata usata su Yates."

"Ucciso con la sua stessa pistola? Chi l'ha ucciso?"

Come risposta Frank alzò le mani, i palmi in alto, e scrollò le spalle.

"Ci deve essere una connessione da qualche parte. Sia l'uomo del grilletto che la vittima sono morti più o meno nello stesso momento? Cosa sappiamo di Goodrich? Era un ladro di gioielli? Faceva affari con Yates? Devi ammetterlo, fratello. La cosa si fa interessante."

Dewey, il tizio che possedeva il ristorante in stile roulotte in alluminio che ci piaceva frequentare, fece scivolare verso di noi due grandi piatti. Ognuno occupato da una grande ciotola di chili fumante e da generose quantità di cracker. Allungando la mano, facendosi scivolare lo stuzzicadenti tra le labbra, lo usò per indicare il parcheggio di fronte alla vetrata accanto a noi e la Caddy rossa.

"Turner, ti stai addomesticando o qualcosa del genere? Vuoi allenare il piccolo campionato di hockey? Magari consegnando pasti caldi agli anziani? Che diavolo ci fai alla guida di una station wagon, accidenti! "

Gli angoli delle labbra di Frank si contorsero, la sua definizione di risata, mentre prendeva dei cracker con le sue grandi mani e iniziava a sbriciolarli in una polvere fine nel suo chili. Sorrisi, diedi un'occhiata alla macchina e poi di nuovo a Dewey.

"Ha un sacco di cavalli. Va più veloce di una scimmia spelacchiata. E ha freni a disco abbastanza grandi da togliere l'asfalto da un'autostrada in Cina. Allora, qual è il problema?"

"Oh, niente. Niente di niente", rispose il proprietario del ristorante, un uomo panciuto e con un gran bisogno di radersi, infilandosi lo stuzzicadenti in bocca e borbottando tra sé e sé mentre tornava in cucina. "Ma chi l'avrebbe mai detto. Una cavolo di station wagon, per l'amor del cielo. "

Con il sorriso ancora sulle labbra, sollevai il cucchiaio e cominciai a scavare nel chili. Frank, già a metà del piatto piccante, sollevò un sopracciglio folto e mi guardò.

"Come diavolo fanno due persone a morire a una settimana di distanza l'una dall'altra otto anni fa, a passare attraverso il sistema, a essere piantate nel terreno e poi a essere uccise di nuovo?"

"Qualcuno sta mentendo", dissi tra una cucchiaiata e l'altra di chili. "Ovviamente né Goodrich né Yates sono morti otto anni fa. Ciò significa che avevano motivi per fingere la propria morte. E avevano bisogno di aiuto per farlo."

Il vento scosse la finestra di vetro adiacente al nostro tavolo. Il freddo era diventato ancora più freddo perché il vento veniva dal Little Brown River. Sotto le luci al vapore di mercurio del parcheggio esterno anche la Caddy rossa sembrava tremare per il freddo.

"Finiamo qui e torniamo al distretto. Scaviamo un po' negli archivi della scientifica. Dovremmo trovare qualcosa."

Infatti.

Questo sarà una sorpresa, ne sono sicuro. Ma il lavoro di poliziotto non è affascinante. Il novanta per cento del tempo è pura routine. Si fanno domande. Un sacco di domande. Poi ascolti. Alla fine, le idee si formano nella tua testa. Quindi fai molte altre domande. E ascolti ancora un po'. L'ottanta per cento delle domande è puro letame di cavallo. Non ti portano da nessuna parte. Ma la procedura dice che devi farle. Quindi lo fai. È l'altro venti per cento delle domande che fa *Bingo*. La maggior parte di queste arriva all'improvviso. Non hai idea del perché le hai fatte. Le fai e basta. E le risposte a volte ti sorprendono.

La domanda che ci ha aperto il caso è stata posta da Frank mentre era seduto alla sua scrivania con un telefono infilato nell'orecchio che pendeva precariamente da una spalla, mentre parlava con il nostro uomo giù nella stanza delle prove.

"Chi ha reclamato la roba di Goodrich dopo il processo?" lo sentii chiedere mentre eravamo seduti alle nostre scrivanie.

Mentre guardavo i fascicoli del caso Yates di otto anni fa, sentii la voce che parlava al telefono parzialmente infilato nell'orecchio di Frank. Sembrava annoiato. Ma dando un'occhiata al mio collega vidi che era lontano da quella reazione emotiva.

"Oh, *davvero*", disse lui, un sopracciglio si alzò per la sorpresa. "Ne sei sicuro?"

La voce annoiata parlò di nuovo. Frank, ascoltando per un secondo o due, disse "grazie", poi riattaccò e si girò a guardarmi.

"Indovina chi ha raccolto la roba di Goodrich."

"Chi?"

"La moglie di Tobias Yates. Che si dà il caso sia, aggiungerei, l'ex moglie dell'attuale Richard Goodrich."

"Sia Yates *che* Goodrich erano sposati con la stessa donna?" ripetei mentre cercavo di far funzionare le mie limitate capacità cognitive. "E ora lei è la vedova di Yates."

"Giusto", annuì Frank, con gli angoli delle labbra che si contraevano. "Un normale fottuto festival dell'arrapamento alla *I giorni della nostra vita*, secondo me."

Annuii, strofinando una mano sui baffi sotto il naso, mentre davo un'occhiata ai fascicoli del caso davanti a me.

"Beh, anch'io ho delle notizie per te, ragazzo. Non credo che il nostro signor Yates sia morto d'infarto. Leggendo i rapporti dell'autopsia sembra che sia stato avvelenato. Al diavolo la diagnosi del cuore difettoso. Il rapporto dell'autopsia è approssimativo. Sciatto e pieno di buchi. Quindi, sto pensando al veleno. Specialmente dopo aver letto questo. Sei settimane prima di morire Yates ha stipulato un'assicurazione sulla vita per due milioni di dollari. Due settimane dopo lui e la sua adorabile moglie divorziano."

"Fammi indovinare. Anche dopo il divorzio l'ex viene lasciato come beneficiario principale."

"Bingo!" dissi, sorridendo maliziosamente.

"Sarebbe opportuno andare a parlare con l'adorabile signora Yates. Vedere se può illuminarci su questo pittoresco enigma di merda di cavallo."

Sparai un sorriso a Frank mentre mi alzavo. Il gigante ci sapeva fare con le parole e gli insulti, il che mi faceva sempre sorridere. Scendendo le scale fino al piano terra, uscimmo nel freddo gelido e avviai la Caddy. Trenta minuti dopo, stavamo entrando nel viale circolare di una villa. Una villa senza luci accese. Nessun nastro di vapore che si alzava nel freddo cielo dai numerosi camini sul tetto. Nessun segno di vita. Persino la neve era bianca come la neve vergine e senza una sola traccia umana. Né tracce di pneumatici. Mentre scendevamo dalla Caddy sotto il portico di fronte al portone, entrambi scrutavamo la casa con sospetto. La neve, il terreno boscoso che circondava la casa, non ci faceva sentire entrambi minimamente a nostro agio.

Sicuramente c'era qualcosa che non andava.

Quella sensazione si decuplicò quando trovammo la pesante porta d'ingresso in mogano scuro della villa parzialmente aperta. Estraendo le armi dalle fondine, entrammo con cautela nella casa fredda e buia, aspettandoci problemi o qualcosa di raccapricciante. Trovammo qualcosa di raccapricciante.

Un uomo morto.

Seduto su un divano di pelle, le braccia distese, una piccola automatica calibro 380 nella mano destra. I suoi occhi erano aperti e sembravano decisamente congelati. C'era un foro di proiettile nella sua tempia destra. Un foro che sembrava all'incirca delle dimensioni di una 380. Intorno al foro di entrata c'erano i caratteristici segni di bruciatura. Lo trovammo in una piccola biblioteca sul retro della casa. La luce del sole, ormai ben oltre l'alba, entrava attraverso una serie di porte francesi che si aprivano sul cortile posteriore. Nella neve, a partire dalle porte, c'era una serie di impronte, le impronte di una donna, relativamente fresche, che si dirigevano direttamente verso un grande garage distaccato con tre auto.

Frank, accigliato, indicò l'uomo morto e lanciò un'occhiata a me.

"Scommetto che quello è Richard Goodrich. Il Richard Goodrich originale. E non si è ucciso. Questo è stato un omicidio."

"Come fai a saperlo?" chiesi.

"Richard Goodrich era mancino. Questo tizio è mancino. Vedi, ha l'orologio da polso sulla mano destra. C'è una penna a inchiostro nel taschino destro della camicia. Come un mancino farebbe naturalmente quando prende una penna. Quindi, un mancino non userebbe la mano destra per premere il grilletto. Ergo: omicidio."

"E le impronte della donna lì fuori?"

"La signora Yates. Sta scappando. Come faresti anche tu se sparassi al tuo ex marito e lo facessi sembrare un suicidio."

Annuii e tirai fuori il mio cellulare. Mentre digitavo il numero del distretto guardai Frank.

"Chiama l'aeroporto. Chiedi loro quanti aerei partiranno nella prossima ora."

Frank annuì e prese il suo telefono.

Sapevo che era una scommessa azzardata. Ma a volte...

Abbiamo beccato Betty Tobias, una volta Betty Goodrich, all'aeroporto. Era una donna dall'aspetto straordinariamente semplice, con capelli castani, un viso piatto e lunghe unghie rosse. Era seduta ad un tavolino di un piccolo bar all'interno del terminal dell'aeroporto con una birra davanti a sé e controllava nervosamente l'orologio. Nel momento in cui io e Frank siamo entrati, accompagnati da un paio di agenti in uniforme, lei si è accasciata sulla sedia come un palloncino che perde improvvisamente tutta la sua aria.

Due ore dopo era in una stanza per gli interrogatori, seduta su una dura sedia di legno davanti a un piccolo tavolo di legno con me seduto di fronte a lei e Frank che incombeva su di lei come Dracula pronto a balzare. Le sue guance erano segnate da strisce nere di lacrime che le rovinavano il mascara. Aveva pianto in silenzio per le ultime due ore. Accanto a lei c'era il suo avvocato. Un avvocato che conoscevamo personalmente e che ci piaceva. Aveva il volto cinereo e le labbra serrate. Segni che ci dicevano che la sua cliente era colpevole ed era disposta a parlare.

"Signora Yates, ci spieghi questo. Ammetto che non siamo in grado di mettere i puntini sulle "i" e le stanghette sulle "t." Ma abbiamo prove più che sufficienti per dimostrare che lei ha ucciso Richard Goodrich. Sono sicuro che il suo avvocato le ha consigliato di aprirsi e cooperare. Sarà sicuramente più facile per lei. Allora, ci dica. Come è cominciato tutto questo? E perché è finita in quel modo?"

Diede un'occhiata al suo avvocato, che annuì in silenzio, prima di piegare le mani sul tavolo di fronte a lei e guardarci.

"Otto anni fa, Richard Goodrich venne da mio marito con un piano. All'epoca ero sposata con Tobias. Tobias Yates. Tobias stava cercando un modo per uscire dal giro. Per smettere di ricettare gioielli rubati per la mafia. Voleva un taglio netto. Voleva un modo per scomparire completamente. Richard aveva il piano."

"Mi faccia indovinare," dissi, "ha stipulato un'assicurazione sulla vita di due milioni di dollari sul suo attuale marito. Questo avrebbe finanziato l'intero affare. Tobias ha avuto dei soldi e Richard ha avuto dei soldi. Come sto andando finora?"

Lei annuì in accordo, sollevando una mano per asciugare un flusso di lacrime che scorreva lungo una guancia.

"Richard disse che conosceva due capri espiatori che assomigliavano vagamente a lui e a Tobias. La sua idea era di uccidere i due, far sembrare che fossero morti lui e Tobias, raccogliere i soldi dell'assicurazione e sparire. All'inizio Tobias era totalmente contrario. L'idea di uccidere persone innocenti solo per andarsene con una barca di soldi faceva venire il volta-stomaco a Tobias. Ma Richard era bravo. Era dolce. Ci sapeva fare con le parole. Alla fine, convinse Tobias che il piano era perfetto e che potevano farla franca."

"Chi è che ha ucciso? Richard o Tobias?" Frank grugnì da dietro la signora Goodrich seduta. "E perché ha divorziato da Tobias e ha sposato Goodrich?"

"Richard ha ucciso i due. Le povere vittime gli assomigliavano davvero. Quanto al divorzio, beh... Credo si possa dire che conoscevo Richard molto prima di sposare Tobias. Richard fu il mio primo amore. Non riuscivo mai a dirgli di no. Mi disse di lasciare Tobias e di sposarlo. E come l'idiota che sono, l'ho fatto."

"Ok. I sosia sono morti. Lei divorzia dal suo primo marito e sposa il chiacchierone Goodrich. Cosa è successo di recente che li ha fatti morire entrambi?" chiesi.

"Quando arrivarono i soldi dell'assicurazione, Tobias prese la sua parte e lasciò la città. Mi ha sorpreso quando mi ha detto che avrebbe divorziato senza fare storie. Lasciò la città e non lo vidi più fino a una settimana fa. Quando è tornato in città e ha visto che ora ero la signora Goodrich è impazzito. Ha minacciato di uccidere Richard con la sua piccola pistola. Litigarono diverse volte e poi Richard, credendo che Tobias volesse davvero ucciderlo, decise di andare sul sicuro e uccise Tobias. Io ... credo che sia andata così."

"Allora perché ha ucciso il suo attuale marito?"

"Non l'ho fatto! Richard è tornato a casa e mi ha detto quello che aveva appena fatto. Era pazzo. Fuori di testa! Sapeva che tutto stava andando a rotoli. Sapeva che la polizia sarebbe arrivata e avrebbe iniziato a indagare su tutto. Sapeva che alla fine avrebbero capito cosa era successo otto anni prima. Si è depresso. Ieri l'ho visto tornare verso la sala di lettura e chiudere la porta. La cosa successiva che ho sentito è stato uno sparo. Sono corsa nella sala di lettura e ho trovato Richard accasciato sul divano. Era morto. Sono stata presa dal panico! Dovevo andarmene. Dovevo! Così, sono fuggita. Sono corsa all'aeroporto e... e... è lì che mi avete trovato."

Rivolsi uno sguardo al mostro dai capelli rossi accigliato che stava dietro la donna e il suo avvocato. Frank mi guardò e silenziosamente scosse la testa. Non se la stava bevendo. Nemmeno io. Guardando di nuovo la donna, mi sedetti di nuovo sulla sedia, incrociai una gamba sull'altra e sorrisi.

"Bel tentativo, signora Goodrich. Ma non funziona. Sembra

una grande storia. E ha la possibilità di convincere una giuria che lei è la vittima innocente in tutto questo. Sono sicuro che l'avvocato qui farà del suo meglio per convincere i giurati che è vero. Ma lasciate che vi dica come è andata veramente.

"Otto anni fa, è stata lei ad avere l'idea di uscire dal business. É stata lei ad avere l'idea di stipulare un'assicurazione sulla vita da due milioni di dollari. Conosceva un vecchio amante che non aveva problemi di moralità che avrebbe fatto il lavoro sporco. Nessun uomo d'affari sano di mente come Tobias Yates ascolterebbe un perfetto sconosciuto che sputa fuori un piano di arricchimento del cazzo per uccidere due persone nel tentativo di scomparire dalla mafia. L'unico modo in cui ciò potrebbe accadere è se qualcuno che conosceva, qualcuno che amava e di cui si fidava, avesse avuto l'idea. Quella persona era lei, signora Goodrich."

"Può provarlo?" chiese il piccolo avvocato pelato con voce sommessa.

"È lei che ha stipulato la polizza, avvocato", dissi, puntando il dito contro la donna di fronte a me. "È lei che ha chiesto il divorzio. Forti prove circostanziali hanno condannato molti assassini. Ma noi abbiamo un po' più di prove per far valere il nostro caso."

"Quali prove?" chiese la signora Goodrich, mentre il colorito abbandonava il suo viso.

"Sappiamo per certo che lei e il suo ex-marito avete vissuto insieme per anni", ringhiò Frank da dietro di lei. "Abbiamo anche trovato un nastro di sicurezza in una stazione di autobus che mostra Richard Goodrich arrivare in città circa una settimana fa. La sua storia non regge. È stato Richard a lasciare la città una volta ottenuta la sua parte di denaro. Ma otto anni dopo è al verde. E sì, avvocato, possiamo provarlo. Richard torna e comincia a mettervi sotto pressione. Voleva più soldi o sarebbe andato alla polizia. Lei va nel panico. Decide che ci sono troppi fili sciolti in giro e che potenzialmente la minacciano. Con molta freddezza decide di ripulire il casino. Uccide sia Tobias che Goodrich. Usa la pistola di Richard su Tobias e su Richard. Bel tocco, a proposito. Mi è piaciuto. Una sorta di giustizia poetica in modo contorto e macabro."

Gli occhi della donna mi fissavano pieni di rabbia e disprezzo. Ma rimase in silenzio. La sua unica possibilità di uscire da questo casino era rimanere in silenzio e sperare che il suo avvocato fosse bravo in aula.

Era bravo. Ma non abbastanza.

4

INGANNI DELIBERATI

Chiusi la porta dolcemente dietro di me e misi la tazza di caffè sul tavolo, proprio di fronte all'uomo dall'aria stanca. Un uomo dall'aspetto stanco in una piccola stanza stanca. La stanza dell'interrogatorio, completamente spoglia, aveva esattamente quattro mobili e nient'altro. Tre vecchie sedie di legno di noce malconce e dall'aspetto stanco e un piccolo tavolo da conferenza posto al centro della stanza. Questo era tutto. Sul soffitto sopra il tavolo c'era una lampada con due lampadine al neon che emettevano rudemente una dura luce bianca. In un angolo c'era una piccola telecamera di registrazione, ora illuminata con una piccola luce rossa per indicare che stava registrando. Una parete aveva la spaccatura di vetro scuro di una finestra a senso unico che ci fissava con monotonia, senza batter ciglio.

Il posto aveva un certo odore. Tutte le stanze degli interrogatori hanno un certo odore. Paura. Sudore. Menzogne. Ecco. Era lì. Aggiungeva un po' di atmosfera alla stanza, se vuoi saperlo. Cosa che, lo so... non vorresti.

"Ti presento Edward Geiger", ringhiò il mio collega, un bestione dai capelli rossi che voleva essere un gorilla di montagna, muovendo un pollice in direzione dell'uomo seduto di fronte a lui nella stanza degli interrogatori. "È venuto qui circa un'ora fa e ha detto a Charlie, giù all'ufficio prenotazioni, che ha ucciso sua moglie con un coltello da macellaio. Jesse e Coltrane hanno controllato. É sicuro che sia così. Sembra che stia dicendo la verità."

Jesse e Coltrane sono Jesse Franks e Bo Coltrane. Agenti in uniforme che lavorano sul percorso di Morning Heights entro i confini del South Side Precinct. Buoni poliziotti. Una coppia di burloni a cui piace ridere. Assolutamente professionali, quando si tratta di pattugliare le strade.

Il mio compagno si chiama Frank Morales. Circa un metro e ottanta, tiene il suo peso intorno ai centotrenta, di cui pochissimo è grasso, con una testa di forma rettangolare apparentemente fatta di cemento. Cemento senza terminazioni nervose. Ha una zazzera di capelli rossi lunghi e filamentosi che si rifiuta di essere pettinata in una parvenza di ordine. Francamente, sembra un incidente di un laboratorio di genetica che in qualche modo è scappato nella natura. Ha un quoziente d'intelligenza pari a quello di due Einstein e una memoria eidetica. Il mostro è intelligente, ecco cosa voglio dire. E un detective della omicidi dannatamente bravo. È anche mio amico e partner.

Sono Turner Hahn. Stessa altezza del mio compagno. Una cinquantina di chili in meno. Ogni volta che mi guardo allo specchio... e lo faccio raramente... il riflesso che mi guarda mi dice che sono quasi l'immagine sputata di un vecchio idolo degli anni Trenta. Ho i capelli neri, le stesse fossette, i sottili baffi neri e un sorriso permanente sulle labbra che non se ne va. Hai presente il tipo. Quello che ti fa rilassare immediatamente. Oppure ti fa incazzare al punto che vorresti tirargli un dritto in bocca. A quanto pare, o l'uno o l'altro. Non c'è una via di mezzo.

Insieme lavoriamo all'ufficio della omicidi del secondo turno, ogni volta che ci viene richiesto. Altrimenti, aiutiamo le altre due scrivanie della divisione investigativa. Narcotici o Rapine.

È raro che qualcuno arrivi e confessi un omicidio. Posso contare su una mano, usando circa tre dita, il numero di volte in cui è successo. Quindi.

La confessione di Edward Geiger è stata una sorpresa. Una doppia sorpresa, in realtà.

Potevo vederlo sulla faccia del mio compagno. Chiaro come un libro aperto da leggere. Beh... almeno per me.

Frank non se la stava bevendo. La confessione. Non credeva ad una parola.

Lavori con qualcuno per anni e impari a conoscerlo. Conosci le sue stranezze, le sue idiosincrasie. Piccole cose che ti fanno capire. Il tamburellare delle dita. L'angolo delle labbra che si contrae in modo strano. Il sollevamento di un sopracciglio. O, in questo caso, il grande mostro che mi segue nel corridoio, chiudendosi la porta alle spalle e dichiarando:

"Sta mentendo, Turner. Non ha ucciso nessuno."

Eravamo in piedi uno davanti all'altro. Faccia a faccia. C'era quello sguardo nei suoi occhi. Determinazione combattiva. Quell'aria da testa dura di un uomo che sapeva di avere ragione. E guai al cretino che cercava di convincerlo del contrario.

"Ok", annuii, in assenso. "Ma, tanto per dire, dimmi perché è venuto da solo a confessare un crimine che non ha commesso?"

"Non lo so. Ma è quello che scopriremo."

Sorrisi. Mi piaceva quando Frank faceva il duro con me. Di solito, per una persona così intelligente come lui, è un po' scansafatiche quando si tratta di prendere il comando delle indagini in un caso di omicidio. Non che sia un vero scansafatiche, sia chiaro. Il ragazzo è affidabile come un orologio atomico. Duro come un piede e mezzo di lamiera indurita. Ci sarà quando avrai bisogno di lui, non importa in quale situazione ci troveremo. È solo che, quando si tratta di decidere il passo successivo nella nostra indagine, preferisce che sia io a decidere.

Ad essere onesti, penso che il ragazzone si annoi con la maggior parte dei nostri soliti casi di routine. Ma, una volta ogni tanto, arriva un caso che cattura il suo interesse. La confessione di Edward Geiger era uno di questi casi.

"Beh, sono d'accordo con te. Qual è il nostro piano, Batman?"

"Ascolta prima la sua storia", disse, raggiungendo la maniglia della porta. "Vedi se ha senso per te."

Edward Geiger non aveva mosso un muscolo. Era ancora seduto sulla sedia dove lo avevamo lasciato. Aveva ancora sul volto lo sguardo vuoto di chi è totalmente confuso. Continuava a fissare una macchiolina sul tavolo di fronte a lui. Raggiungendo la sedia proprio di fronte all'uomo, mi ci infilai e mi appoggiai, incrociando una gamba sull'altra. Per qualche secondo guardai il sospetto senza fare alcun rumore. Frank si allontanò dietro di me e, piegando le braccia sul petto, si appoggiò al muro e rimase silenzioso come un monumento di pietra.

"Signor Geiger, lei dice di non avere idea del perché abbia ucciso sua moglie. É corretto?"

L'uomo non batté le palpebre. Non mosse un muscolo del viso. Semplicemente annuii con la testa. A malapena.

"Nella sua dichiarazione iniziale ha detto di ricordare di essersi svegliato e di essersi trovato a fissare il soffitto della cucina. Quando ha girato la testa, ha visto sua moglie distesa sul pavimento accanto a lei. Sdraiata in una pozza di sangue con un coltello da macellaio che le sporgeva dal petto. È corretto?"

Nessuna reazione emotiva. Solo un cenno della testa.

Con una mano ho tolto una macchia immaginaria di polvere dai miei pantaloni e poi ho piegato entrambe le mani sul mio grembo. Il signor Geiger stava diventando più interessante ogni secondo che passava.

"Cosa fai per vivere, Edward? Posso chiamarti Edward?"

Un guizzo di vita. Una mano si contorse di riflesso sul tavolo. Le lacrime cominciarono a riempire i suoi occhi e a minacciare di rotolare giù per le guance in un lampo di vergogna.

"Ero... uh... uh... uno psicologo. Tutti e due. Mary ed io. Psicologi."

Annuii con simpatia. L'uomo di fronte a me aveva proprio l'aspetto di uno psicologo. Fronte alta e spiovente. Capelli biondi che si assottigliano sulla sommità della testa. Linee di preoccupazione agli angoli degli occhi. I suoi vestiti erano costosi. Una camicia da un sacco di soldi. Pantaloni sartoriali. Un braccialetto d'oro intorno al polso sinistro abbastanza costoso da comprarci un'auto nuova di zecca. Scarpe di pelle italiana.

Edward e Mary Geiger, psicologi praticanti, avevano avuto un discreto successo nelle loro rispettive carriere.

"Non ricordi assolutamente nulla dell'omicidio di tua moglie?", chiesi di nuovo.

Scosse la testa. Ma i suoi occhi cominciarono a muoversi. Muovendosi lentamente da un lato all'altro. Come se improvvisamente scoprisse di essere in un mondo che non gli era familiare.

"Cosa ti ricordi, Edward? Comincia da lì e vediamo se riusciamo a mettere insieme i pezzi. Ok?"

Con gli occhi pieni di lacrime che minacciavano di scendere a cascata sulle sue guance come le cascate del Niagara, alzò per la prima volta lo sguardo dal tavolo. Guardò in alto e dritto nel mio. Se c'è mai stato uno sguardo di dolore, di perdita totale, questo ragazzo ce l'aveva dipinto sulla faccia. Devastato, si avvicinerebbe a descrivere l'aspetto di quell'uomo. Ci si avvicinava. Ma ancora non portava il vero significato di ciò che stavo guardando.

"Ricordo che avevamo cenato all'inizio della serata. Io, Mary e nostro figlio Cale. Ricordo che stavamo discutendo. Tutti noi. Discutevamo. In toni civili. Mantenendo un basso profilo, mentre eravamo seduti al tavolo in attesa di essere serviti. Ma... ma ricordo che eravamo tutti arrabbiati. Molto arrabbiati."

"Ti ricordi il nome del ristorante, Edward?" chiesi.

"*Delacorte's*. Quello sulle colline fuori dall'autostrada 90. Mary amava quel posto. Amava più il viaggio panoramico lassù, in realtà, che il ristorante. Cenavamo spesso lassù."

Mi infilai la mano nella tasca del cappotto e tirai fuori una penna e un piccolo taccuino a spirale. Scrissi velocemente *Delacorte's* su una pagina bianca e poi guardai di nuovo Edward. Dietro di me Frank si schiarì la voce e si staccò dal muro per fare una domanda.

"Tuo figlio, Cale. Quanti anni ha?"

"Ha ventitré anni. Ventitré anni, è l'immagine sputata di sua madre."

Ci fu un lampo di vita... di qualche *colore*... nel volto dell'uomo quando menzionò il nome di suo figlio. E poi più niente. Semplicemente evaporato.

"Qual era la discussione per cui voi tre eravate arrabbiati, Edward."

"Cale ci chiedeva soldi. Voleva andare all'università. Una scuola di specializzazione privata da qualche parte nello stato di New York. Una scuola privata molto costosa. Gli abbiamo detto che non potevamo permettercelo. Non ora. Non nel mezzo del finanziamento della nostra nuova clinica. Questa è stata la fonte principale della nostra discussione. Naturalmente anche Mary aveva le sue preoccupazioni. Era arrabbiata con me. Arrabbiata per la nuova clinica. Per quanto ci stava costando. Tutta colpa mia. Tutto quanto. Colpa mia."

Sotto *Delacorte's* scrissi: *nuove cliniche-finanze.* Sotto questo ho scritto una domanda. *Dov'è Cale?* Sapevo che dietro di me Frank aveva guardato mentre scrivevo tutte e tre le righe.

"Cos'è successo dopo la cena", chiesi. "Siete tornati a casa tutti e tre?"

"Io ... io e Mary siamo tornati, ne sono sicuro. Siamo tornati a casa nostra. Ma... ma Cale è uscito come una furia dal ristorante ancora prima che fossimo serviti. Arrabbiato. In realtà, piuttosto furioso con noi. Questa è una cosa caratteristica di Cale. Ha il carattere di sua madre. Velocemente si infiamma. Brucia intensamente per alcuni momenti. Poi si spegne e dimentica tutto in meno di un'ora."

Problemi di rabbia? Motivi? Storia? Scarabocchiai sulla pagina.

Sentii grugnire dietro di me. E poi la sua voce profonda rimbombò.

"Cale era in casa quando siete arrivati?"

Il dottore alzò gli occhi dal tavolo e guardò Frank. Per un secondo Edward Geiger guardò il mio gorilla dai capelli rossi prima, alla fine, di scuotere silenziosamente la testa.

Accigliato, mi schiarii la gola e feci, a malincuore, la domanda che doveva essere fatta.

"Dicci tutto quello che ricordi di quello che è successo a casa, Edward. La parte prima del tuo svenimento e quella dopo il tuo risveglio."

Le cateratte si aprirono.

Lacrime, lacrime *vere*, scesero a torrenti sulle sue guance. C'era abbastanza acqua da creare un secondo lago Erie. Silenziosamente l'angoscia repressa che aveva tenuto sotto controllo nelle ultime ore sfuggì al suo campo di contenimento e devastò le sue emozioni. Il suo corpo crollò di nuovo sulla sedia, si scosse violentemente quando tutti i controlli e gli equilibri che la sua mente allenata teneva sulle sue emozioni semplicemente svanirono.

Rimanemmo a guardare per alcuni secondi, ognuno a suo modo, fisicamente ed emotivamente, sentimmo il suo dolore, prima di dargli la dignità di soffrire silenziosamente da solo nel suo oceano di agonia.

Frank mi guardò mentre entravamo nella sala e si accigliò.

"Dimmi la verità. Pensi che abbia ucciso sua moglie?"

Non dissi nulla. Ma, alzando le spalle, scossi la testa. Entrambi abbiamo visto grandi performance di recitazione in sale d'interrogatorio come quella dall'altra parte della porta. Assassini che potevano richiamare secchiate di lacrime con uno schiocco di dita. Lacrime convincenti che avrebbero ammorbidito il cuore anche dei morti. Ma mai l'*intero* pacchetto di collasso emotivo. Le lacrime, la chiara tensione emotiva che minacciava di mandare in corto circuito tutto il suo essere, la semplice confessione che *doveva aver ucciso* sua moglie per ragioni sconosciute. Detto con una voce, e uno sguardo, di forte incredulità.

No. Edward Geiger non aveva ucciso sua moglie. A prescindere da ciò che le prove indicavano chiaramente. Ma qualcuno l'aveva fatto. Una persona intelligente, fredda, con il coraggio di pugnalare una donna e poi stare a guardare il corpo mentre disponeva *deliberatamente* le prove in modo da far sembrare che Edward fosse l'assassino. Una persona che aveva un movente abbastanza forte da trasformarlo in un mostro freddo, calcolatore e assetato di sangue.

"Dobbiamo trovare Cale", annuì Frank, leggendo i miei pensieri. "E in fretta. Potrebbe essere lui l'assassino. O peggio..."

"...se non l'assassino, la prossima vittima della lista."

Mandammo Edward giù in cella e dicemmo al personale di mettere lo psicologo nella lista di controllo dei suicidi. Geiger sarebbe stato messo in una cella che era quasi spartana nei suoi contenuti, come la stanza degli interrogatori in cui era seduto. Sarebbe stato in una cella con una telecamera a circuito chiuso. Sarebbe stato monitorato ventiquattro ore al giorno. Qualcuno l'avrebbe tenuto d'occhio tutto il tempo. Sarebbe stato al sicuro.

Ci mettemmo a lavorare.

Ci vuole tempo. Le indagini della polizia non sono così intense come lo squarciare i veli della meccanica quantistica. Non ci sono una moltitudine di lavagne bianche piene di equazioni matematiche che riempiono ogni spazio vuoto disponibile nella stanza della squadra. Ma è un lavoro che richiede tempo. Può comprendere lo sforzo irritante e deliberato di esaminare volumi di dettagli sottili, dati banali, minuzie. Oppure può essere una caccia all'uomo a tappeto con il classico inseguimento in auto. Ma qualcosa, alla fine, salta fuori e cattura la tua attenzione.

Nel rivedere i dettagli e le aride minuzie abbiamo scoperto

quattro fatti interessanti. *Uno,* la nostra principale persona di interesse, il figlio, era apparentemente un velista agonistico di livello mondiale. *Due,* la famiglia Geiger possedeva uno yacht piuttosto costoso e lo teneva permanentemente ormeggiato in una marina locale appena fuori dall'autostrada principale della città, lungo il fiume Brown. *Tre,* la signora Geiger aveva recentemente acquistato una polizza di assicurazione sulla vita del valore di mezzo milione di dollari. *Quattro,* il beneficiario principale non era suo marito, Edward. Ma era suo figlio. Il beneficiario secondario, nel caso in cui Cale avesse trovato la sua eredità strappata da lui, andava a un fondo di beneficenza chiamato *The Second Chance.*

"Strano, non credi?" Dissi, lanciando un'occhiata al mio compagno mentre eravamo seduti sui sedili di una Shelby GT 350 Mustang, mentre guidavamo lungo l'autostrada, in direzione del porto turistico. "La signora Geiger ha dato tutti quei soldi a suo figlio. E il figlio aveva bisogno di molti soldi per andare in quella scuola privata."

"È una nuova polizza. Non c'è ancora un valore in contanti", grugnì Frank, girando la testa per guardare attraverso il traffico e il nastro di acqua scura del fiume Brown tra gli alti edifici di uffici del centro che stavamo momentaneamente affiancando nel traffico. "Quello che è più interessante è il beneficiario secondario. Qualcosa chiamato *The Second Chance?* Perché sono elencati nella polizza come potenziali beneficiari?"

"Parliamo prima con Cale."

Il *Wild Mary* era un catamarano da regata di trenta piedi con un solo albero che galleggiava in acque tranquille accanto a un lungo molo pieno di imbarcazioni simili. Le foreste di alberi e il labirinto di sartiame, insieme alle gigantesche masse di yacht a motore di lusso sparse ovunque nel piccolo porto artificiale, mi dicevano che i soldi non sembravano essere un problema per molta gente di questi tempi.

Fermandoci vicino alla poppa della *Wild Mary*, notammo entrambi la sedia da giardino dall'aspetto economico che era piazzata sul ponte accanto alla lunga maniglia del timone dello sloop. Accanto ad essa c'era una grande borsa termica da picnic. Una borsa frigo con il coperchio aperto, che rivelava chiaramente cosa c'era impilato dentro. Birra. Tanta, tanta birra sommersa in acqua limpida. Acqua che, probabilmente ieri, era stata una borsa frigo piena di ghiaccio.

Entrambi aggrottammo la fronte. Il catamarano era molto silenzioso. Frank, la sua voce è come un megafono naturale, abbaiò più volte il nome di Cale. Una lattina di birra aperta suggeriva che c'era qualcuno a bordo. Se tu fossi a bordo e decidessi di andare da qualche altra parte, sapendo che la borsa frigo è piena di ghiaccio e birra, la prima cosa che faresti prima di partire sarebbe assicurarti che il coperchio della borsa frigo sia ben chiuso. Ma il coperchio della borsa frigo era aperto. Il ghiaccio era sciolto. E la barca era tranquilla come un garage vuoto.

Scendemmo dal molo e salimmo sulla poppa della *Wild Mary*. Frank gridò di nuovo il nome di Cale. Ma non ci fu risposta. Trovammo il portello che portava giù nello scafo della nave, aperto e ci invitava a entrare. Era buio sottocoperta. Buio. E puzzolente. Un aroma distinto saliva dal basso. Un aroma che ci era fin troppo familiare.

Abbiamo trovato Cale Geiger. Morto, ovviamente. Una rapida scansione del corpo suggerì che fosse stato usato un qualche tipo di veleno. Era sdraiato in una cuccetta con un braccio che penzolava, la mano che giaceva mollemente sul ponte. Accanto alla mano c'era un biglietto. Un biglietto con scritte in stampatello ordinato e la firma di Cale. Aveva scritto una lettera d'addio. Aveva confessato di aver ucciso sua madre dopo aver ucciso suo padre con una mazza da baseball. Disse che era così furioso dopo il confronto durante la cena che tornò a casa e cercò di calmarsi. Ma la sua rabbia crebbe. Nel momento in cui i suoi genitori tornarono a casa sapeva che li avrebbe uccisi. Entrambi. Pensava di aver colpito suo padre abbastanza forte con la mazza. Ma con sua madre usò il coltello. La pugnalò ripetutamente finché non smise di urlare.

Più tardi, mentre era seduto al buio sulla barca e beveva birra, si calmò e si rese conto dell'orrore che aveva appena commesso. Non poteva vivere con quella consapevolezza. La consapevolezza di aver ucciso i suoi genitori. Quindi, avrebbe posto fine alla sua vita. Sperava che suo padre lo perdonasse.

Usai il mio cellulare e lo chiamai. Aspettammo l'arrivo del medico legale e di alcuni agenti in uniforme. Durante l'attesa, rovistammo nella barca alla ricerca di altre prove. Principalmente stavamo cercando il veleno che Cale aveva usato per porre fine alla sua vita. È interessante notare che non abbiamo trovato nulla. Nessuna traccia di veleno. Nessuna prova di qualsiasi tipo di mezzo che una persona avrebbe potuto usare per ingerire il veleno. Il ponte inferiore, come il ponte superiore del catamarano, era pulito e immacolato. Non si vedeva una tazza, un bicchiere o una lattina di birra vuota.

Dopo l'arrivo del medico legale e di alcune macchine della polizia siamo rimasti in giro ancora un po' e poi siamo andati via. Il viaggio di ritorno al distretto fu un viaggio nel silenzio più assoluto. Cadde sulle spalle di Frank, che si era assunto la responsabilità di essere il capo investigatore di questo caso, la responsabilità di informare Edward Geiger che suo figlio aveva confessato gli omicidi poco prima di suicidarsi. L'anziano Geiger prese la notizia in silenzio. Non pronunciò una parola, né mostrò alcuna forma di reazione emotiva. Semplicemente si sedette sulla sedia nella stessa spartana stanza degli interrogatori in cui lo avevamo incontrato la prima volta, come un pezzo di fegato appena tagliato.

Cosa c'era da dire? Quali parole c'erano per attenuare il dolore?

Mi dispiace per la tua perdita, ragazzo. Tuo figlio ha cercato di spaccarti la testa con una mazza da baseball e tua moglie è stata brutalmente uccisa con un coltello da macellaio. Uccisa dal tuo stesso figlio. E poi tuo figlio, in uno stato di rimorso da ubriaco, apparentemente decide di porre fine alla sua stessa vita con un flacone di pillole. Sì, amico, hai una famiglia meravigliosa. Ma va bene così. A quanto pare, tu sei la vittima innocente in questo triste pasticcio. Quindi, lasciamo cadere tutte le accuse e ti mandiamo via.

Vai a casa, amico. Cerca di avere una buona vita.

Al distretto c'era molta calma mentre lavoravamo alle scartoffie del caso. Potevo leggerlo sulla faccia di Frank. Non era il risultato che si aspettava. Aveva l'aria scontrosa. Di pessimo umore. E ad essere onesti, quasi sorridevo. Ho visto Frank scontroso quando era veramente scontroso. Avete mai visto un gorilla di montagna scontroso allo zoo? Quello che non voleva che gli umani lo guardassero da oltre il recinto? Non è bello. Per niente bello.

Ma tenni la bocca chiusa, evitai di scoppiare in un sorriso peccaminoso e aspettai in silenzio l'esplosione. Sapevo che stava arrivando. Era solo una questione di quando, e quanto sarebbe stata potente quando sarebbe avvenuta.

Accadde mentre lo stavo accompagnando a casa sua in periferia. Dato che colleziono vecchie muscle car americane per hobby, abbiamo sempre usato una delle mie auto quando lavoravamo. Venivo a prenderlo e lo portavo a casa quando il nostro turno finiva. Quella sera eravamo nella Shelby GT Mustang del '67. Il motore davanti continuava a rombare mentre scalavo le marce, mentre aggiravamo tutte le strade principali che erano le solite strade di casa. Stavo usando le strade secondarie, prendendo la via lunga, aspettando che il ragazzone finalmente scaricasse le sue frustrazioni dal petto.

Quando arrivò non fu un'esplosione. Ma una semplice, singola, domanda.

"Come faceva a saperlo?"

"Sapere cosa?"

Frank non ha il collo. O, alla maggior parte delle persone, sembra che non abbia il collo. Ma la sua testa in qualche modo ruotò sulle spalle, con i suoi capelli rossi color carota che gli fluttuavano sulla testa e mi guardò.

"Il biglietto d'addio del ragazzo. Cale dice di aver ucciso suo padre con una mazza da baseball *prima di* uccidere sua madre con il coltello. Ma alla fine del biglietto, chiede specificamente a suo padre di perdonarlo. Non chiede il perdono della madre. Ma lo fa con suo padre. Come faceva a sapere che suo padre era ancora vivo?"

Misi la seconda e mi fermai davanti a un semaforo che ci fissava con un occhio rosso sopra l'incrocio vuoto. Il piccolo e potente motore della Shelby aveva abbastanza coppia da far tremare un po' l'auto. Una sensazione piacevole mentre mi giravo e fissavo il mio compagno.

"Ci sono diverse possibilità, Frank. Ognuna delle quali sarebbe infinitamente credibile in un tribunale. Inoltre, non mi avevi detto che eri sicuro che il vecchio non avesse ucciso sua moglie? Cos'è cambiato?"

"Continuo a credere che il marito sia innocente. Ma qualcuno che li conosceva tutti, e li conosceva molto bene, potrebbe aver ucciso la madre e il figlio."

"Ok", dissi con cautela, accelerando fuori dall'incrocio dopo che il semaforo era diventato verde e scalando le marce. "Riflettiamo un attimo. Qualcuno uccide la madre e il figlio. Ma non il padre. Perché?"

"Ho un'intuizione. Scommetto che ha a che fare con la

polizza assicurativa. Mezzo milione potrebbe essere un movente sufficiente per uccidere due persone."

"Bene, allora, qual è la nostra prossima mossa?"

"Torna indietro. Dobbiamo trovare Edward Geiger e parlargli. E dobbiamo trovarlo in fretta."

Annuii, lasciai il cambio in seconda e lasciai la frizione. Il motore della Shelby ruggì in segno di protesta, mentre le ruote anteriori si tuffavano con forza sul marciapiede della strada mentre l'auto decelerava rapidamente. Sterzai alla mia sinistra e premetti il pedale del gas nel momento in cui iniziammo a uscire dalla stretta inversione a U sulla strada semivuota della città. La Ford scattò in avanti come una banshee bianca mentre acceleravamo con forza lungo la strada. Non ci volle molto per attraversare la città e tornare alla residenza dei Geiger. Non ci volle molto.

Trovammo un grande furgone di fronte. Sul furgone c'era scritto il nome di un'impresa di pulizie professionale qui in città che ci era familiare. Dietro il furgone, con le porte posteriori aperte, due impiegati stavano lavorando su un grande pulitore di tappeti di dimensioni industriali. Mi fermai dietro il furgone e scendemmo. Frank si avvicinò ai due uomini e fece alcune domande. Tornando indietro, ci girammo e ci dirigemmo verso la casa.

"Geiger ha assunto l'azienda per pulire la casa da cima a fondo. Una pulizia approfondita di tutto. Il ragazzo mi ha detto che in realtà ci sono due squadre che sono al lavoro. Il loro compito è quello di pulire a fondo i tappeti, tende e i tendaggi dopo che la prima squadra avrà finito il suo lavoro. In questo momento stanno lavorando sulla metà posteriore della casa."

Non dissi nulla e seguii il gigante dai capelli rossi in casa. Gli altri due dell'impresa di pulizie alzarono lo sguardo dalle loro macchine e annuirono. Non sembravano troppo sorpresi di vederci lì. Questo perché ci conoscevano. Il distretto spesso assumeva questi ragazzi per andare a pulire la scena di un crimine dopo che l'indagine era stata completata.

Frank fece un cenno ai due e continuò a camminare attraverso la casa. A quanto pare, sapeva dove stava andando. Attraversammo un soggiorno, un lungo corridoio, superammo le porte di due camere da letto ed entrammo nella suite principale. Non esitò. Attraversammo la spessa moquette della camera da letto, superammo il letto king size pieno di animali impagliati della defunta signora Geiger ed entrammo nella caverna che era il bagno della suite principale.

Rimasi sulla porta, con le mani infilate nelle tasche dei pantaloni, e guardai il ragazzone lavorare. Frank si mise subito di fronte allo specchio a muro sopra i lavandini del bagno, accese e aumentò la potenza della fila di luci sopra lo specchio perché bruciasse più forte che poteva. La luce brillava come un sole che improvvisamente diventa supernova. Dovetti strizzare gli occhi attraverso le palpebre strette per vedere la mossa successiva.

Un numero da Sherlock Holmes.

Si chinò e si librò appena sopra uno dei due lavandini che occupavano il lungo piano d'appoggio. La sua mano destra scivolò nel lavandino e toccò qua e là la vasca inclinata. Mi sembrò di vedere piccole macchie di colore nero e marrone qua e là sulle pareti della porcellana del lavandino. Si alzò parzialmente, si infilò una mano in una tasca dei pantaloni e ne uscì con un paio di pinzette e un piccolo sacchetto di plastica per le prove. Poi trovò una scatola di fazzoletti e ne tirò fuori uno. Usandolo come carta assorbente, pulì il lavandino una o due volte prima di depositare il fazzoletto nel sacchetto delle prove. Usando le pinzette, tirò via due singoli capelli grigi dal bordo dello scarico del lavandino e li depositò in un secondo sacchetto per le prove. Alzandosi, fece scivolare entrambe le buste delle prove nella tasca interna della giacca sportiva e si girò verso di me nello stesso momento.

"Ok, ", sorrisi. "Sono davvero impressionato. Il ruolo di un sosia di Godzilla che interpreta uno Sherlock Holmes va a te. Non dirmi cosa diavolo hai trovato qui."

"Ricordi il presentimento che ti ho detto di avere? È appena diventato molto più forte."

"Lo vedo", annuii. "Ma quello che voglio sapere è quale diavolo è la tua intuizione?."

"Ciò che lega Edgar Geiger, sua moglie e suo figlio, una polizza assicurativa da mezzo milione di dollari, l'organizzazione *The Second Chance* e il nostro assassino tutti insieme in un piccolo pacchetto ordinato."

Gli occhi ancora stretti, annuii e scrollai le spalle.

"Edgar Geiger. Deve essere lui il nostro assassino."

"Ma Edgar non è l'assassino. È innocente."

Espirai lentamente. Mi piaceva che il mio partner assumesse il ruolo di investigatore principale in un caso che lui voleva prendere. Non mi piaceva il modo in cui il saputello si divertiva a giocare con me con giochi di parole intellettuali.

"Ti dirò solo questo. La mia intuizione è diventata più di un'intuizione, e siamo già passati su questa strada."

Mi passò davanti, uscendo dal bagno, e io lo seguii. Mentre camminavamo per la casa, continuavo a ripetere le sue parole nella mia testa. Il mio *presentimento è diventato più di un presentimento, e siamo già stati su questa strada prima/ Il mio presentimento è diventato più di un presentimento, e siamo già stati su questa strada prima/ Il mio presentimento è ...*

A metà del soggiorno mi diedi un forte colpo sulla fronte con il palmo della mano. Così forte che l'impresa di pulizie lo sentì sopra il rumore dei loro pulitori di tappeti e ci fissò mentre uscivamo di casa.

Idiota! Pensai tra me e me. *Idiota! Era lì tutto il tempo, avrei dovuto vederlo!*

Impiegammo trentacinque minuti per arrivare agli uffici dell'organizzazione *The Second Chance*. Naturalmente, a quell'ora della notte, era chiuso. Ci vollero altri venti minuti per rintracciare qualcuno che avesse una chiave per farci entrare. Quando la piccola e paffuta direttrice dell'ufficio si presentò, sbuffando ripetutamente mentre usciva dalla sua piccola Hyundai, con l'aria di chi ha indossato in fretta e furia un vestito di quarant'anni fa, non sembrava molto contenta di vederci. Ci fissò con uno sguardo che diceva, come dice il vecchio detto, che *se gli sguardi potessero uccidere saremmo due figli di puttana fritti e tagliati a dadini in questo momento*. Ma aprì la porta d'ingresso dell'edificio, disattivò il sistema d'allarme e fece un passo indietro per lasciarci entrare nei locali.

Impiegammo solo cinque minuti per trovare quello che Frank voleva trovare nell'ufficio. Era lì, appeso a una parete in un corridoio che portava all'ufficio dell'uomo che aveva fondato *The Second Chance*. Un grande ritratto, fatto da professionisti, di C. Allan Andrews. Un uomo con una testa calva di capelli grigio-rossi. Con spessi occhiali dalla montatura nera e le guance goffe. Un uomo che sembrava un intero universo lontano da Edward Geiger.

Solo che era *Edward Geiger*.

O più precisamente, l'ego alternativo di Edward Geiger. *C. Allan Andrews.*

"Doppia personalità", grugnì Frank, guardando la foto appesa al muro. "Nascosta nel profondo della mente di uno psicologo esperto. Geiger non ha idea di avere una personalità completamente diversa lì dentro con lui. Ma questo tizio lo sa. Questo tizio, il nostro C. Allan Andrews, ha pianificato tutto. Ha prestato i soldi a Geiger e sua moglie per costruire il loro nuovo edificio. Gli ha fatto pagare interessi esorbitanti nel tentativo di mandarli in bancarotta. Ma ha accettato di prestare i soldi a patto che loro gli cedessero il pagamento dell'assicurazione sulla vita della signora Geiger, nel caso in cui fossero andati in bancarotta. E poi ha ucciso la moglie e il figlio, ha piazzato delle prove sullo yacht per far sembrare che il figlio si fosse suicidato, portandosi dietro la colpa dell'omicidio della madre."

"Prove?" Chiesi, apprezzando la teoria ma vedendo una possibile difesa legale nel prossimo percorso.

"Puoi cambiare fisicamente il tuo aspetto esteriore. Ma non puoi cambiare il tuo DNA. Scommetto che le ciocche di capelli che ho trovato nel lavandino a casa dei Geiger sono di Geiger, o Allan, o chiunque tu voglia chiamare. Se troviamo del materiale genetico qui, sarà una prova decisiva. Ma puoi vedere che Geiger si è tinto i capelli dello stesso colore. Scommetto che ci sono una o due ciocche di capelli con quel colore da qualche parte qui intorno. Scommetto anche che troveremo dei documenti nell'ufficio con la sua firma. Documenti che lo collegano direttamente alle disgrazie finanziarie dei Geiger. Abbiamo abbastanza per una condanna. Ne sono sicuro."

"Allora, dov'è C. Allan Andrews adesso?" chiesi.

Ci girammo entrambi e guardammo la donna di mezza età con la carnagione bianca e gli occhi spalancati che ci fissava come se fossimo due pazzi.

"Sta andando in vacanza. Mi ha chiamato ieri e mi ha detto che va in Sud America per un mese. Il suo aereo dovrebbe partire tra circa un'ora. United. Volo 1042 per Rio."

Ce l'abbiamo fatta. A malapena. Lo prendemmo proprio mentre stava per percorrere la passerella per imbarcarsi sull'aereo. C. Allan Andrews/Edward Geiger non oppose alcuna resistenza. Semplicemente, sorrise mentre usciva dalla fila per l'imbarco, posò la sua valigia sul pavimento accanto a lui e gettò le braccia dietro di sé in modo che potessimo ammanettarlo.

C. Allan Andrews ora risiede in un ospedalepsichiatrico per pazzi criminali. Non vedrà mai più la luce del giorno da uomo libero. Sfortunatamente, Edward Geiger è con lui. Completamente confuso sul perché si trovi in un posto pieno di pazzi.

5

PUZZLE

"Un puzzle. Odio i puzzle", disse Frank, accigliandosi mentre si portava le mani sui fianchi e si voltava a fissarmi. "Sai quanto odio i puzzle."

Sorrisi, spingendolo affettuosamente sulla spalla mentre passavo, annuii, poi mi voltai a guardare il corpo che giaceva sul pavimento di granito blu lucido. Frank era un detective della omicidi dannatamente bravo. E – nonostante la sua ovvia somiglianza con un carro armato dell'esercito americano – un uomo che possedeva un quoziente d'intelligenza a quasi quattro cifre, tuttavia non sembrava felice. I casi di omicidio come quello a cui stavamo lavorando ora lo irritavano a morte. Il che significava che, per default, ero diventato l'investigatore principale. Anche se, di diritto, toccava a lui essere il capo.

Siamo una squadra. Ci scambiamo i ruoli ogni caso a cui lavoriamo su chi sarà l'investigatore principale. Fondamentalmente, il tizio che prende le decisioni per lavorare al caso. Tecnicamente era il suo turno. Ma non questa volta, fratello. Proprio no. Questo caso aveva il mio nome scritto sopra.

"Come diavolo può un uomo introdursi in una cassaforte,

in una banca assolutamente priva di personale o di sicurezza, con tutti gli allarmi e le telecamere di sorveglianza che non indicano assolutamente nulla di strano e finire per farsi impiccare? Picchiato a sangue e impiccato. Com'è possibile?"

"Non so, Frank. Forse dovremmo dare un'occhiata in giro, fare qualche domanda, sai, indagare."

"Ah", grugnì, con gli occhi illuminati da un'allegria sarcastica. "Ora stai solo facendo lo spiritoso."

Eravamo in piedi appena fuori dall'enorme porta del caveau della First Colonial Citizen's Bank and Trust, giù a Flushing Street. La porta del caveau era praticamente una cosa mostruosa, spessa un metro e mezzo, circa sette piedi di diametro. Era spalancata. All'interno del caveau di forma cilindrica c'era una grande stanza piena di pesanti cassette di deposito in ottone di varie dimensioni. Diverse erano state estratte dal muro e disseminate sul pavimento, insieme al loro contenuto, in un ritratto dell'incubo di qualche pazzo. Ma il ritratto più strano di tutti era quello di un'alta figura vestita di nero che pendeva da una corda al centro del caveau. Un'estremità della corda era legata intorno a una rozza barra di metallo che era stata recentemente saldata al soffitto del caveau stesso. Sembrava il tipo di corda speciale che gli alpinisti usano nelle loro scalate sull'Everest.

Il morto era un casino di sangue. Sembrava che qualcuno avesse preso una mazza da baseball e lo avesse lavorato per circa venti minuti. Denti mancanti, faccia sfondata, un braccio ovviamente rotto. Chiunque fosse stato non aveva fretta di andarsene da questo posto. Né aveva lasciato qualcosa per aiutarci nell'indagine.

"Nessun attrezzo. Nessun saldatore portatile. Niente impronte sulle porte o cassette di sicurezza rotte", dichiarò Joe Weiser, il nostro ragazzino brufoloso e masticatore di gomme esperto della scientifica, alzando gli occhi dal suo taccuino a spirale in mano, schioccando una gomma e sorridendo. "Nada. Nulla. Niente. Come il culo di un bambino appena pulito con Clorox."

Frank si voltò a metà e guardò Joe, col sopracciglio alzato, scosse la testa.

"Non sei sposato, ragazzo. Nessun nipote che sia un bambino, immagino."

Joe sorrise, salutò Frank toccandosi il sopracciglio destro con la matita e continuò a sorridere mentre aspettava che uno di noi dicesse qualcosa. Gli angoli delle labbra di Frank si contorsero – un segno di divertimento di questo gorilla di montagna spostato – e mi guardò.

"Allora, qual è la prossima mossa, signor Wolfe?"

Come Nero Wolfe, il rotondo personaggio immaginario creato da Rex Stout, un autore di cui mi piaceva collezionare copie firmate in prima edizione. Sì, ho trovato il primo romanzo di Nero Wolfe di Rex Stout, *Fer de Lance,* firmato da lui stesso. L'ho trovato in una libreria specializzata in prime edizioni. Ora è nella mia collezione personale. Avevo intenzione di leggerlo quando avrei smontato, quella sera. Ma poi questo casino è stato scaricato sulle nostre scrivanie.

"Per prima cosa, identifichiamo chi è il nostro ornamento da camera penzolante, e poi scopriamo come qualcuno può entrare in una banca come questa senza che scatti un allarme. Quindi", puntando un dito a Joe e sorridendo, "prendiamo le impronte digitali del nostro John Doe e poi andiamo a scoprire chi è lo specialista del sistema di sicurezza della banca. E tu, amico mio", puntando lo stesso dito verso Frank, "vai a svegliare il capo della banca e porta il suo culo qui. Subito."

I due mi lasciarono in piedi nel caveau. Infilando le mani nei pantaloni, mi girai e guardai il disordine. Non tutte le cassette di deposito erano state scassinate. Solo alcune. Carte, documenti legali, una o due monete d'oro sparse sul pavimento. A prima vista i buchi vuoti nella rastrelliera delle cassette di deposito sembravano quasi casuali. Ma io lo sapevo bene. Chiunque avesse fatto irruzione qui sapeva esattamente da quali cassette attingere. La domanda era: cosa avevano preso? Quanto valeva? E soprattutto, l'avremmo mai scoperto?

Prima le cose importanti. Il presidente della First Colonial Citizen's Bank and Trust.

David Webster.

Un uomo piccolo, con una pancia molto grande, con gli occhi rossi di un ubriaco, in piedi su piedi minuscoli. Entrò di corsa nel caveau della banca una mezz'ora dopo, con l'aspetto di chi ha indossato il primo set di vestiti che ha trovato. Pantaloni affilati e ben stirati, una giacca sportiva di colore grigio chiaro e una camicia blu con colletto e polsini bianchi. Sembrava pallido, e diventò ancora più pallido quando si girò e guardò la figura appesa all'estremità della corda.

"Gesù Cristo! Quello è mio genero!"

Diedi un'occhiata al corpo penzolante, notai la polpa insanguinata del viso del morto e riportai la mia attenzione sul nostro presidente della banca.

"Come fa a dire che è suo genero?"

"Il tatuaggio sul suo polso. Il simbolo taoista dello Yin e dello Yang. È mio genero. Qualcuno ha già detto a mia figlia che suo marito è ... è morto?"

Frank ed io scuotemmo la testa e non facemmo alcuna mossa per andarcene. Il presidente della nostra banca sembrava che stesse per vomitare i suoi biscotti da un momento all'altro. Anche Frank lo pensava. Due passi da un lato e l'omone calciò verso l'omino di fronte a noi un bidone della spazzatura vuoto.

Non c'è niente di meglio che essere preparati.

"Come... come ha fatto a entrare qui?"

"È quello che vorremmo sapere", dissi. "Questo, e chi era il pazzo malato che ha deciso di picchiarlo a morte e poi tirarlo su con una corda."

"Suo genero lavorava qui?" chiese Frank.

Il presidente della banca annuì e fece un passo indietro, con gli occhi che lacrimavano improvvisamente, tenendosi lo stomaco con una mano.

"Io ... Credo di stare per sentirmi male. Possiamo... possiamo andare da qualche altra parte a parlare? Vedere Phil in quel modo. Non... non mi piace."

Uscimmo dal caveau e ci dirigemmo verso l'ufficio di Webster. Immediatamente l'omino entrò nel suo bagno privato e accese una luce, lasciando la porta aperta. Sentimmo un tintinnio di bicchieri e poi il suono dei cubetti di ghiaccio che tintinnavano. Quando uscì, aveva un bicchiere piuttosto alto di bourbon e ghiaccio in una mano che non era del tutto ferma. Camminando sul pavimento in moquette del suo ufficio si sedette sul bordo della sua scrivania e bevve un lungo, lungo sorso dal suo bicchiere.

"Come faccio a dare la notizia a Connie? Come faccio a dirle che il suo marito buono a nulla è morto. Morto e... e... appeso a una corda nel caveau della banca?"

"Ci parli del suo genero buono a nulla", cominciai, accigliandomi. "Perché l'ha chiamato così?"

"Ha sposato mia figlia, signori. Un uomo giovane, bello, molto intelligente e con tutte le carte in regola ha sposato mia figlia. Non che mia figlia non meriti un uomo nella sua vita. Qualcuno che la ami. È una brava ragazza. Gentile. Generosa. Affettuosa. Ma non è una bellezza. Sfortunatamente, è fatta come suo padre. L'ultima che un Phil Wilson avrebbe voluto sposare. No, Phil Wilson ha sposato una donna ricca. Ha sposato la figlia di un presidente di banca. Si è sposato in un ambiente sociale molto più alto di quello da cui proveniva."

"E lavorava qui in banca", grugnì Frank. Di nuovo.

David Webster guardò il mio partner, si accigliò e annuì con riluttanza.

"Capo dei prestiti della banca. Gliene do atto. Era dannatamente bravo. Ha fatto guadagnare alla banca un bel po' di soldi. Ma era un porco. Guardava le ragazze che lavoravano qui. Flirtava con loro. Le seduceva. Seduceva alcune delle nostre clienti che erano vedove. Vedove con grandi conti in banca."

"Sua figlia sapeva cosa stava succedendo?" chiese Frank.

"No. Connie lavora al piano di sotto. È l'esperta informatica della banca. È un mago del computer. Gestisce tutto il nostro software."

"Si occupa del software di sicurezza?" chiesi.

Webster abbassò il suo bicchiere e mi guardò per un momento prima di annuire in silenzio.

"Dannazione. Lei non ha niente a che fare con questo. In qualche modo quel bastardo deve aver acquisito i codici di sicurezza da Connie. Era quel tipo di uomo."

"È possibile", annuii. "Ma questo non spiega chi l'ha ucciso. Dobbiamo parlare con sua figlia. Dove potremmo trovarla a quest'ora della notte?."

Viveva in un parco recintato su una scogliera che dominava un'ampia distesa del fiume Brown, nella parte sud della città. Case grandi. Case costose. Garage tripli. Servitori. Di tutto di più. Ci vollero trenta minuti di macchina per arrivarci. Quando ci siamo identificati alla postazione di sicurezza davanti al cancello principale e abbiamo finalmente imboccato il vialetto circolare della casa, erano le due del mattino passate da un pezzo.

Divertente. Ma sembrava che ci stessero aspettando. Diverse luci erano accese e quando suonai il campanello, fu Connie Wilson ad aprire la porta prima che il campanello smettesse di suonare all'interno. Era vestita e, come suo padre, aveva un alto bicchiere di bourbon con ghiaccio nella mano destra.

Quando suo padre disse che sua figlia era fatta come lui, non stava esagerando. Era bassa e paffuta, con un viso rotondo e capelli castani indefiniti. I suoi occhi erano rossi. Ma questa volta non per l'alcol. Dal pianto. Una guancia aveva una leggera scia di lacrime che la rigava. Sembrava una piccola donna piacevole, una tutta convenevoli. Ma non una donna che potesse attirare un Phillip Wilson.

"Entrate, detective. Entrate. Vi stavo aspettando."

"Suo padre deve aver chiamato per dirle che stavamo arrivando", dissi.

Mi guardò, i suoi occhi si riempirono di acqua e il suo labbro inferiore cominciò a tremare mentre la mano tremante che teneva il suo bicchiere di bourbon faceva tintinnare il ghiaccio nel bicchiere in una specie di tributo al lutto. Ma non crollò. Facendo un respiro lento e profondo, si voltò e iniziò a camminare più in profondità nella casa. Seguendola ci ritrovammo in una cucina spaziosa e luminosa.

Sembra strano, ma vero. Spesso, in questa parte del paese, quando si devono condividere cattive notizie, lo si fa in cucina. Non ho idea del perché...

"Mio padre ha detto che avete delle domande per me. Ha detto che potrei anche essere considerata una sospettata. Quindi", di nuovo lacrime e labbro inferiore tremante e una titanica lotta interna per mantenere il controllo, "subito, prima di iniziare voglio dirvi che ho amato mio marito. Lo amavo e lo adoravo. Ma non sono una stupida, signori. Conoscevo mio marito per quello che era. Sapevo che mi aveva sposato per i soldi di papà. Sapevo che inseguiva altre donne. E... e... non mi importava. So che questo mi fa sembrare una stupida. Persino pazza. Ma Dio mi è testimone, lo amavo."

"Signora Wilson, nel nostro lavoro incontriamo tutti i tipi di persone", cominciai. "Persone che si cacciano in ogni tipo di problema. Che fanno errori stupidi. Che soffrono per anni per i maltrattamenti subiti dal marito o dalla moglie. Soffrono perché – per qualche assurda ragione – li amano. Sapere cos'era suo marito e riuscire comunque ad amarlo non la rende stupida. Solo umana."

"Purtroppo, sono gli umani che uccidono gli umani. Ha ucciso suo marito, signora Wilson?"

Brutale. Un colpo dritto alle costole. Niente di trattenuto. Questo era il metodo di Frank. Che – sospetto – è ciò che ci rende una buona squadra. Io cerco di essere quello comprensivo. La maggior parte delle volte. Cerco di estorcere informazioni a chi è in lutto. Frank è il mio opposto. Un mattone attraverso una finestra di vetro sarebbe più sottile, se paragonato al metodo frontale e diretto di Frank.

Poliziotto buono/poliziotto cattivo. Sì. Funziona.

"No. Non ho ucciso mio marito. Ma... ma forse potrei sapere chi è stato."

Sorpresa. Questo lavoro è sempre pieno di sorprese. Non ci sono due casi di omicidio uguali. Non importa quanto si assomiglino.

"Circa un mese fa ero seduta nell'ufficio di mio marito a prendere un caffè con lui quando un uomo entra nell'atrio della banca. È in blue jeans. Indossa una maglietta. È tatuato. Mio Dio, i tatuaggi di quell'uomo! Coprivano entrambe le braccia. Gli coprivano il collo. Phil alza lo sguardo, vede quest'uomo, salta dalla sedia e corre fuori dal suo ufficio. Sorride di piacere. Corre verso l'uomo tatuato, lo afferra per entrambe le spalle e... e lo abbraccia! Lo abbraccia! Io ... sono quasi svenuta."

"Il nome dell'uomo", chiede Frank.

"Non conosco il suo nome. Phil non me l'avrebbe mai detto. Diceva che non era importante. Ma si capiva che l'uomo era importante per lui. Diverse volte ho saputo che i due sono scomparsi insieme da qualche parte. E ho notato un prelievo piuttosto consistente dal nostro conto corrente. Ventimila dollari. Quando lo chiesi a Phil, disse che li aveva dati a quest'uomo. Disse che l'uomo aveva bisogno di rimettersi in gioco. Aveva bisogno di ricominciare. Di costruire una nuova vita. Qualunque cosa significasse."

"Un mese fa", feci eco, accigliandomi. "Le telecamere di sicurezza erano online un mese fa?"

Mi guardò e annuì.

"Pensa di poter andare in banca domani mattina e trovarci un'immagine di quest'uomo?"

Dodici ore dopo avevamo un nome. Adam Wilson: il fratello minore di Phillip Wilson. Ex detenuto. Rilasciato in libertà vigilata da una prigione dell'Upstate poco più di un mese fa, dopo aver scontato quindici anni per – cosa abbastanza interessante – aver rapinato banche. Una ricerca più approfondita nella vita di Adam Wilson ci rivelò alcuni altri fatti interessanti. Come il fatto che prima di andare in prigione era stato un saldatore. E che, mentre era in prigione, aveva la reputazione di essere un duro, un figlio di puttana incattivito.

"Sto pensando che potrebbe essere il nostro ragazzo", disse Frank, seduto sul sedile del passeggero della mia Shelby GT 350 Mustang, mentre stavamo guidando per parlare con il fratello minore. "Sembra il candidato perfetto a cui affibbiare un'accusa di omicidio."

In una tasca della mia giacca sportiva c'era un mandato di perquisizione. In qualche modo, sapevo che avremmo trovato un saldatore portatile nel garage dell'uomo. Viveva in un piccolo appartamento in affitto nella parte ovest della città. Si era appena trasferito. Sventolava soldi in giro come se fossero roba che cresceva sugli alberi. Un uomo tatuato con un sacco di soldi. Non suonava bene per Adam Wilson.

Quando arrivammo a casa di Wilson, nel garage c'era un

pick-up, un vecchio catorcio da quattro soldi che aveva bisogno di una verniciata e di qualche ritocco alla carrozzeria. La porta del garage era aperta, così ci guardammo intorno. Ebbene sì. C'era un saldatore e, abbastanza curiosamente, una bobina di corda sul banco di lavoro. Una corda identica a quella usata nella banca. Una corda che era stata appena tagliata. Ma l'elemento decisivo fu quello che trovammo sul pick-up. Una grande borsa di tela. All'interno della borsa c'era un involucro di carta, del tipo usato per contenere mazzette di denaro, con la scritta First Colonial Bank and Savings stampata sopra.

Sfondammo la porta d'ingresso della casa e entrammo accovacciati con le pistole estratte. Trovammo Adam Wilson sdraiato, a faccia in giù, nel letto che dormiva profondamente. Era vestito. Sul pavimento c'era una bottiglia vuota di bourbon, un bicchiere sporco e una fiala di sonniferi. Una prescrizione con il suo nome sopra. Accanto alla bottiglia e a metà strada sotto il letto c'era una mazza da baseball. Una mazza da baseball molto insanguinata.

Adam Wilson era ubriaco e drogato. Non mosse un muscolo quando lo ammanettammo e tirammo fuori dal letto. Era così ubriaco e drogato che riusciva a malapena a stare in piedi mentre gli agenti di polizia in uniforme lo portavano verso un'auto di pattuglia. Non riusciva a mettere a fuoco. Cercava di parlare ma non ci riusciva. Sembrava confuso. Disorientato. Quando abbiamo cercato di leggergli i suoi diritti tutto quello che ha fatto è stato guardarci con occhi spenti e sbattere stupidamente le palpebre.

Osservammo gli agenti in uniforme metterlo nell'auto di pattuglia e chiudere la porta con una sorta di triste finalità. Entrambi siamo rimasti a guardare in un freddo silenzio. Avremmo dovuto sentirci euforici. Sollevati. Un crimine feroce rapidamente risolto e il colpevole in manette diretto alla prigione. Avremmo dovuto darci pacche sulle spalle e dirci "Ottimo lavoro!" Non lo facemmo.

"Perché ho la sensazione di essere stato ingannato, Turner?"

"Non so. Forse perché, come me, senti puzza di fregatura."

"Sì, è quello che sto pensando. Troppo semplice. Troppo ovvio. Il procuratore guarderà questo e dirà che è un caso aperto e chiuso. Lo scemo non ha alcuna possibilità in tribunale. Passerà il resto della sua vita dietro le sbarre."

"O sarà seduto nella camera a gas entro un anno", annuii, accigliandomi.

Siamo tornati al South Side Precinct e abbiamo iniziato a sbrigare le pratiche del caso. Cinque ore dopo la prigione della contea – dove la città e il dipartimento dello sceriffo della contea ospitano i loro detenuti – ci ha chiamato dicendo che Adam Wilson aveva bisogno di vederci. Supplicò di vederci. Disse che aveva delle informazioni vitali per il caso. Dovevamo comunque interrogarlo, quindi questo era un momento buono come un altro.

Quando scortarono il tatuato Adam Wilson nella stanza degli interrogatori, era ammanettato e incatenato intorno alla vita e alle caviglie e vestito con una maglia arancione. Le guardie lo fecero sedere di fronte a noi e lasciarono la stanza. Wilson, con l'aria di uno che sta per essere internato in un manicomio, ci guardò brevemente, poi si chinò in avanti sul tavolo e cominciò a parlare velocemente.

"Non sono stato io, detective. Non sono stato io! Non avrei mai fatto del male a mio fratello. Phil mi stava aiutando a raddrizzare la mia vita. A diventare onesto. Non potrei mai uccidere mio fratello. Mai!"

"Ho trovato un saldatore, lo stesso tipo di corda usata per impiccare tuo fratello, un involucro di carta con il nome della banca, e infine la mazza da baseball sotto il tuo letto con il sangue di tuo fratello. Vuoi ancora continuare con questa storia?" chiesi.

"Guardi la mazza da baseball, detective. Guardi la mazza da baseball. Non è qualcosa che vai al Wal Mart a comprare per tuo figlio. È un oggetto da collezione. Pete Rose ha fatto oscillare quella mazza nella sua ultima partita nella Major. C'è la sua firma personale. Phil mi aveva detto che era uno dei beni più preziosi di David Webster. Come diavolo potrei mettere le mani su una mazza del genere? Inoltre, non sopporto il baseball. Non ho mai posseduto una mazza in vita mia."

Ci sedemmo in silenzio e guardammo l'ex detenuto sudato che ci guardava avanti e indietro con uno sguardo che mi ricordava quello di un animale selvaggio preso nel bagliore degli abbaglianti di un camion. Nei suoi occhi c'era un panico quasi cieco. Sapeva a cosa andava incontro. Sapeva che significava la camera a gas se veniva condannato. O l'ergastolo senza condizionale, se non avesse avuto la pena di morte.

"Ascoltate, sono uscito di prigione da un mese e due settimane. Questo è tutto. Questo è tutto. Quindici anni di prigione per essere stato uno stupido ragazzino. Ho cercato di rapinare una banca con una pistola quando avevo appena sedici anni. Ero ubriaco e stupido. Mi hanno sbattuto in prigione per quindici anni. Quando sono uscito, ho giurato che non ci sarei più tornato. Non sarei mai più stato così stupido. Mai più."

"Da dove vengono la borsa di tela e l'involucro di carta?" chiese Frank.

"Phil mi ha dato la borsa. Aveva detto che la banca ne aveva migliaia giù in cantina. L'ho usata per trasportare delle cose. Roba sporca. Per lo più pezzi di ricambio per il mio pick-up. Ho comprato quel rottame da un contadino l'altro giorno e volevo metterlo a nuovo."

"E gli involucri di denaro?" Frank fece eco.

"Phil mi ha accompagnato dietro il bancone circa due settimane fa e ha tirato fuori da una piccola cassaforte quattro pile di banconote da venti dollari, cinquemila per pila, e me le ha date. Disse che si sarebbe assicurato che la banca ritirasse i venti dal suo conto corrente. Disse che i soldi erano l'inizio di una nuova vita per me. Disse che mi avrebbe aiutato a ripulirmi."

"La corda?" chiesi.

"Non ne ho idea, detective", fu la risposta. "È una corda da scalatore. Qualcosa che non userei mai. La stessa cosa vale per gli alcolici. Quella bottiglia di bourbon... odio il bourbon. Se bevo roba forte, scelgo la Vodka. Non comprerei mai una bottiglia di bourbon costoso. Ho sentito che quella roba era una marca molto costosa. Non è da me. Non sono affatto io."

Di nuovo, guardammo l'uomo di fronte a noi per molto tempo prima che uno di noi dicesse qualcosa. Fu il nostro ex detenuto a rompere il silenzio.

"Dovete credermi. Non ho ucciso mio fratello. Ma so chi è stato. Ne sono sicuro."

"Chi?" grugnii.

"David Webster. Sono sicuro che è stato lui. Lui e Phil si odiavano con passione. L'altro giorno ha accusato Phil di aver rubato. Ha detto che mancava quasi un milione di dollari e che se non glieli avesse restituiti, lo avrebbe picchiato a sangue con quella sua bella mazza da baseball. L'ha sentito tutta la banca. Webster era furioso. Ha urlato e insultato Phil mentre io e Phil eravamo in piedi davanti al bancone. Diavolo, stavo aprendo un conto corrente, per l'amor del cielo! Phil mi stava aiutando a sbrigare tutte le pratiche quando suo suocero gli è saltato addosso."

È stato allora che ho sorriso, quando tutto è andato a posto. Quando ho capito che il caso era risolto. Wilson vide il sorriso sulle mie labbra e uno sguardo di sollievo isterico gli balenò sul volto.

"Lei mi crede, vero? Sa che non sono stato io!"

"Vedremo", dissi, alzandomi dalla mia sedia e battendo Frank sul braccio allo stesso tempo. "Vedremo. Prima devo fare una telefonata. Andiamo, Frank."

Le due guardie carcerarie che stavano vicino alla porta nel corridoio entrarono dopo che eravamo usciti per prendere il loro prigioniero. Frank guardò l'ex detenuto che si ritirava, poi di nuovo me, e mi spinse rudemente sulla spalla con irritazione.

"Che diavolo? Dai, sputa il rospo. Che cosa sta ticchettando in quel tuo cranio?"

"Segui la mia guida, amico. Segui la mia guida", dissi mentre prendevo il cellulare nella mia giacca sportiva.

Un'ora dopo eravamo di nuovo alla First Colonial seduti nell'ufficio di David Webster. C'erano sia Webster che sua figlia. Entrambi ci guardavano educatamente e sorridevano. In attesa.

"Sappiamo chi ha ucciso suo marito, signora Webster. Stiamo per effettuare un arresto a breve."

Entrambi i Webster ci fissarono e sbatterono le palpebre più volte per la sorpresa. Sguardi di sorpresa e confusione offuscarono i loro volti. Le sopracciglia di David Webster si corrugarono in una massa di confusione mentre si piegava leggermente in avanti nella sua sedia di pelle.

"Cosa vuol dire che sta per fare un arresto, detective? Non avete qualcuno in prigione ora, accusato di questo crimine?"

"Certo", annuii. "Ma non è il nostro uomo. È solo il capro espiatorio."

"Il capro espiatorio?" Connie Wilson fece eco, lanciando un'occhiata a suo padre e poi di nuovo a me. "Che cosa significa?"

"Significa che Adam Wilson era pronto a prendersi la colpa. Prendersi l'accusa di furto e omicidio di suo fratello", rispose Frank, piegando con disinvoltura le mani sulle ginocchia e sedendosi di nuovo sulla sua comoda poltrona di pelle per fissare i due. "Un ex detenuto, qualcuno che è stato in prigione per una rapina in banca, per di più un parente del morto, sarebbe stato il perfetto capro espiatorio da incastrare. Non è d'accordo, signora Wilson?"

La signora Wilson sbatté gli occhi azzurri verso Frank, il colore le svuotò il viso, e poi si voltò a guardare suo padre. C'era panico nei suoi occhi.

"Avrebbe funzionato", dissi, annuendo e piegando casualmente le mani sulle mie ginocchia. "Tranne che per un paio di piccoli errori."

"Errori?" David Webster ripeté a bassa voce. "Quali errori?"

"La bottiglia di bourbon trovata a casa di Adam Wilson. Molto rara. Molto costosa. Il tipo che solo qualcuno che ama davvero il sapore del bourbon comprerebbe. Non uno che preferisce la birra. O la vodka."

"Forse mio marito ha portato quella bottiglia a casa di suo fratello", disse la signora Wilson. "Certo, probabilmente è così. L'ha portata mio marito."

"Controllato." Era come suo fratello. Non beveva bourbon. Odiava quella roba. Abbiamo testimoni che ci hanno riferito che lui ha detto di non aver mai toccato quella roba."

"Non mi sembra un errore, detective. Solo una diversa interpretazione. Quale sarebbe il secondo errore che ha menzionato?"

Liscio. Tranquillo. Sicuro di sé. David Webster sembrava la voce della ragione. Sembrava che sapesse che stavamo andando a tentativi.

"Signora Wilson, per quanto tempo lei e suo marito siete stati sposati?" chiesi, i miei occhi si posarono sul viso rotondo e casalingo di Connie Wilson.

"Perché... uh... tre anni. Perché me lo chiede?"

Guardai David Webster e sorrisi.

"Non molto tempo fa lei ha accusato il marito di sua figlia di aver rubato quasi un milione di dollari. Un milione di dollari. Gli ha giurato davanti a Dio e al paese che se non li avesse restituiti lo avrebbe picchiato con una mazza da baseball. È corretto?"

"Sì, è corretto. E francamente, penso di aver fatto bene ad affrontare quel bastardo in quel modo."

"Ma rubare un milione di dollari un po' alla volta richiede un po' di tempo, no? Ci vogliono, diciamo, più di tre anni per farlo senza destare sospetti. Più tempo del vostro matrimonio, non è vero signora Wilson?"

"Papà. Papà!" C'era un nodo di isteria nella sua voce mentre si alzava dalla sedia e guardava suo padre in preda al panico. "Papà, cosa facciamo?"

"Tu stai zitta e siediti", il padre scattò con rabbia verso la figlia prima di girare gli occhi collerici verso di me. "Dica quello che pensa, detective. La smetta di tergiversare. Sta cercando di dire che ho rubato i soldi e ucciso il marito di mia figlia?"

"No... e sì a entrambe le domande, Sig. Webster. Credo che lei abbia scoperto chi ha rubato quei milioni di dollari. E non è stato Phil Wilson. Ha scoperto che è stata sua figlia. Circa un'ora fa ho parlato con alcuni miei amici dell'FBI. Sono stati, insieme al fisco, a sorvegliare questa banca negli ultimi cinque anni e a costruire silenziosamente un caso di frode bancaria."

"Ma io non ho ucciso mio marito! Io amavo mio marito!" Connie Wilson urlò, una mano si portò alle labbra, gli occhi pieni di paura.

"No, non l'ha fatto. Ma sa chi è stato. Deve saperlo, visto che ha manomesso il sistema di sicurezza per far sembrare che non ci fosse nulla di strano", grugnì Frank.

"Quando Adam Wilson è tornato nella vita di suo fratello tutto è andato a posto per lei, vero Mr. Webster. Il perfetto capro espiatorio. Improvvisamente si è presentata l'opportunità di liberarsi di un genero odiato e di salvare lei, la banca e soprattutto sua figlia da una rovina certa. Mettete abbastanza prove circostanziali in possesso di Adam Wilson e fate apparire come se avesse rapinato la banca e ucciso suo fratello. Semplice. Infallibile. Quasi."

"Confesserò!" gridò la signora Wilson, alzandosi dalla sedia e allontanandosi dal padre. "Dirò tutto al procuratore distrettuale, se possiamo fare un accordo. Gli dirò che è stata tutta opera di mio padre. Di tutto. Anche di aver preso i soldi. Tutto!"

Alla faccia della lealtà di una figlia verso il padre. Più tardi quel giorno abbiamo rilasciato Adam Wilson. Lo rilasciammo in tempo per reclamare il corpo di suo fratello e iniziare a fare i preparativi per il funerale.

E io e Frank lo abbiamo aiutato. A volte anche un ex detenuto ha bisogno di aiuto. Specialmente uno che è stato picchiato e calpestato, come Adam Wilson.

6

ALLORA... ME LO DICI DI NUOVO?

Il rombo di più di quattrocento cavalli che rimbombano al minimo sotto il cofano di una Chevy SS 396 nera del '66. I fari abbaglianti tagliano l'oscurità. Bagnando in una luce gialla brillante qualcosa di veramente bizzarro.

Un cadavere.

Un corpo morto in mezzo alla strada.

Un cadavere steso in mezzo alla strada con la faccia mangiata.

Mangiato... come se un animale, un animale molto grande, avesse deciso che la faccia del morto era il dessert della sera o un piccolo spuntino che lo avrebbe portato fino al vero pasto serale.

Nient'altro visibile. Solo un corpo steso in strada. Senza volto.

E la cosa più curiosa è che... non c'è sangue che ricopre la strada sotto il corpo.

Eravamo in piedi ai lati della griglia della strada statale e fissavamo il corpo. Nelle nostre mani c'erano le nostre rispettive armi. Io con la mia Kimber semiautomatica calibro 45. Frank con una Glock 9mm. Siamo entrambi poliziotti. Detective della omicidi. Quindi eravamo vestiti in modo appropriato. Pantaloni, giacche sportive, scarpe decenti, cravatte. Non eravamo bifolchi di campagna. Questa non era una strada di campagna nel Missouri centrale. Questa era la città. Una grande città. Con un sacco di gente. Un milione o più. Gente brava e onesta, per la maggior parte. Alcuni di loro truffatori e assassini. E, bisogna ammetterlo, alcuni semplicemente strani.

In qualche modo erano quelli strani che di solito catturavano la nostra attenzione, in un modo o nell'altro.

Il corpo era disteso, supino, in mezzo a una strada vuota a un isolato di distanza dai moli del fiume Little Brown alla nostra sinistra. Erano le tre del mattino. Ai nostri lati c'erano grandi scatole di magazzini oscurati e gigantesche pozze di parcheggi vuoti di asfalto nero, in attesa che il traffico mattutino si riversasse sul posto. E questo corpo.

Non c'era nessuna macchina o altra forma di locomozione che avrebbe potuto portare questo tizio quaggiù a morire. Non c'era nessuno in piedi con sguardi inorriditi sul viso mentre fissavano il corpo. Non c'era niente. Nient'altro che questo cadavere sdraiato sulla schiena senza un volto distinguibile da identificare.

"Allora... me lo dici di nuovo?" Frank grugnì, perplesso, mentre usava una mano per grattarsi la nuca. "Chi ha chiamato e ha detto che c'era un corpo qui?"

"Non so", dissi onestamente, scrollando le spalle. "Tutto quello che ho ricevuto è stata una chiamata dalla centrale che ci chiedeva se avremmo trovato il tempo di venire qui a controllare. Pensavano fosse uno scherzo telefonico."

"C'è Debbie stasera?"

Debbie era, di solito, la centralinista in servizio da mezzanotte alle otto del mattino. Una piccola donna bella piazzata, sulla quarantina con cinque figli e un bonario barbone per marito. Ma una poliziotta dannatamente brava che conosceva il suo lavoro.

"Sì. Ha detto che tutti gli agenti in divisa erano occupati. Ha visto che eravamo ancora in servizio e ha deciso di chiedere aiuto. Avrei dovuto dire di no, eh?"

"Sì", grugnì Frank, annuendo. "L'avrei fatto. Da dove diavolo cominciamo con questo?"

Ci allontanammo entrambi dalla macchina nello stesso momento e camminammo sulla strada asfaltata fino al morto. Mi inginocchiai per ispezionare più da vicino il corpo, mentre il mio compagno dai capelli rossi, aspirante sosia di un Godzilla in miniatura prese il suo cellulare mentre scrutava la notte, alla ricerca di qualunque cosa fosse che aveva lasciato questa delizia.

"Non è stato un animale, immagino."

"Eh? Cos'è quello?" disse Frank, abbassando il cellulare dall'orecchio e guardandomi.

Indicai la poltiglia insanguinata della faccia mancante dell'uomo.

"Guarda i segni dei morsi. Non un animale. Umano."

"Oh, fantastico. Anche i fottuti zombie, ora. È già abbastanza brutto avere a che fare con i pazzi locali. Ora stanno arrivando i fottuti zombie. Ci mancava solo questo, Turner. Se la stampa ne viene a conoscenza, non usciremo mai dal pozzo nero che ne consegue."

"Sì, temo di sì, Frank. Guarda qui", dissi, indicando i monconi insanguinati e maciullati all'estremità dei polsi dove avrebbero dovuto esserci le mani.

"Campane dell'inferno. Le TV locali avranno un forte aumento degli ascolti settimanali con questa merda."

Il mio nome è Turner Hahn. Il mio partner si chiama Frank Morales. Detective della omicidi del South Side Precinct. Due vecchi poliziotti che hanno... pensavamo... visto praticamente tutti i modi in cui un essere umano può essere sparato, pugnalato, scorticato, tagliato a dadini, marinato, impalato, avvelenato, strangolato o folgorato fino alla sua prematura scomparsa. Ma questa era una novità. Fino a quella sera nessuno di noi aveva incontrato un morto che fosse stato il pasto serale di qualcuno.

"Abbiamo un idiota morto senza faccia e senza impronte digitali per identificarlo. Cosa ti dice questo, Sherlock?"

Sbuffai una piccola risatina e diedi un'occhiata al brutto muso del mio compagno. Non lo crederesti guardandolo. Ma il tipo ha un quoziente d'intelligenza superiore al numero di cifre della mia password di Facebook. Già. È così intelligente. Ma sembra uscito dall'incubo di un fumettista ubriaco. Capelli rossi filiformi ma lunghi, color carota. Un naso che è stato rotto numerose volte. Una testa a forma di blocco seduta su una serie di spalle senza alcun collo apparente. Mani grandi come guanti da ricevitore. Non bello. Ma sicuramente indimenticabile. Uno sguardo a Frank e l'immagine si fissa. Come una gomma sul tacco di una scarpa.

Mente brillante. A volte molto impaziente. E con l'adorabile tratto eccentrico di non voler mai essere l'investigatore principale nei casi che avevano il sentore di 'notiziabilità'. Chiamarmi Sherlock significava informarmi che ero appena diventato l'investigatore principale.

"Mi dice che il nostro amico affamato non voleva che il suo ultimo pasto gourmet fosse identificato troppo rapidamente", dissi. "Ho appena controllato le sue tasche. Niente. Pulite come uno specchio. Niente che ci dia un indizio su chi sia."

"Guarda i suoi pantaloni", grugnì il ragazzone chinandosi e aggrottando la fronte. "Costosi. Su misura. Chiunque sia, non ha comprato nulla dagli scaffali di un Walmart."

"Le scarpe dicono la stessa cosa", annuii, indicando i mocassini di pelle nera molto italiani. "Saranno scarpe da cinquecento dollari. Il nostro pranzo qui aveva... e scusate il gioco di parole malato... gusti raffinati."

Frank mi lanciò uno sguardo guercio incorniciato in una faccia contorta, poi guardò di nuovo il corpo. In lontananza sentimmo le sirene che si avvicinavano. I ragazzi della scientifica stavano arrivando. Un paio di auto di pattuglia con i loro agenti si stavano dirigendo da questa parte. Con un po' di fortuna avremmo potuto avere una pista su cui lavorare in quattro o cinque ore.

Nessuna fortuna.

Togliendo la faccia e le mani di un uomo è quasi impossibile identificare un cadavere. Rimanevano le impronte dentarie. Ma le impronte dentarie funzionano se c'è stato un lavoro dentale. A quanto pare, la nostra vittima aveva dei buoni denti. Più tardi, all'obitorio, il medico legale ha controllato il gruppo sanguigno del morto. Un gruppo sanguigno raro avrebbe potuto darci qualcosa per iniziare una ricerca. Nessuna fortuna. Il tizio era o positivo. Quasi tutti nel mondo sembrano essere o positivo. Quindi, abbiamo esaminato i rapporti delle persone scomparse sperando di trovare un riscontro sull'altezza e la corporatura generale delle persone scomparse. Niente. Alla fine, suggerii che forse, se avessimo potuto fare una ricostruzione forense del volto, avremmo potuto ottenere qualcosa.

Fratello.

Il proverbiale secchio di escrementi gettato contro il ventilatore. Assumere uno scultore forense per venire a fare una ricostruzione della faccia di un morto non è economico. E per quanto il dipartimento si muovesse in punta di piedi con un budget ridotto, una cosa del genere richiedeva l'approvazione di diverse persone con un livello di stipendio superiore al mio o a quello di Frank. Ci fu un bel clamore nell'ufficio del tenente nella nostra sala operativa, il capo dei detective, qualcuno che non è amico mio e di Frank, è uscito come una furia dalla stanza del tenente con la pressione del sangue così alta che gli stava facendo quasi saltare gli occhi. Mentre passava davanti alle nostre scrivanie, il capo ci diede un'occhiata che diceva succintamente che nessuno di noi avrebbe ottenuto una promozione per molto, molto, molto tempo.

Ma ottenemmo l'approvazione per la ricostruzione. Tre settimane dopo era finita, e avevamo le foto sulle nostre scrivanie. Il nostro morto sembrava avere una cinquantina d'anni. Aveva un naso sottile e appuntito, zigomi alti, occhi piccoli e una bocca piccola con il mento incassato. Un volto che non significava assolutamente nulla per noi.

Abbiamo faxato le foto ai giornali e alle stazioni televisive e abbiamo chiesto loro di mettere in giro la voce che eravamo bloccati e avevamo bisogno di aiuto. Chi era questo tizio? Qualcuno aveva visto quest'uomo nell'ultimo mese? Qualsiasi cosa, qualsiasi cosa che potesse darci una pista, abbiamo chiesto l'aiuto del pubblico.

Una settimana dopo abbiamo trovato la nostra prima vera pista.

Ci aspettava di sotto, al banco delle informazioni. Circa cinquant'anni. Leggermente sovrappeso. I suoi capelli erano una massa di marrone denso con striature bianche, tirati dietro la testa e appuntati in uno chignon pulito e ordinato. Indossava un abito a due pezzi di taglio conservativo ma molto costoso, color cioccolato scuro, con un filo di perle molto costose e molto reali intorno alla gola. Indossava guanti bianchi, con le mani giunte davanti a sé, in piedi su un paio di costose scarpe di cuoio bianche, ma dall'aspetto confortevole.

Dietro di lei c'era un ragazzo dall'aspetto malandato di circa sedici o diciassette anni con una faccia brufolosa e un pomo d'Adamo che gli spuntava dal collo abbastanza grande da poterci rompere un uovo. C'era uno strano sorrisetto sulle sue labbra pallide e aveva l'abitudine di stare in un posto ma di muoversi costantemente su e giù e da un lato all'altro. Ci fu un'immediata conferma visiva che la donna e il ragazzo erano madre e figlio. Nessuno dei due si comportava come una famiglia che si commisera nel suo dolore per la morte di una persona cara.

Sul suo viso c'era uno sguardo di irritazione. Non di preoccupazione. Non di sollievo. Non l'agonia senza fondo di sapere che qualcuno che amavi è morto. Ma di irritazione. Irritazione palpabile.

"Detective, mi chiamo Mona Birdsong. E da quanto ho capito, avete scoperto il corpo del mio ex marito. Credo che questa sia una ricostruzione dell'immagine del mio defunto marito."

Mise la mano nella sua borsa e tirò fuori la rappresentazione grafica al computer del volto ricostruito e ce la consegnò.

"Si chiama Orville Birdsong. Un gioielliere specializzato in gemme molto rare. Soprattutto diamanti. È scomparso circa un mese fa. Da quanto ho capito, è più o meno lo stesso periodo di tempo in cui il vostro dipartimento di polizia ha ricevuto uno sconosciuto all'obitorio. È corretto?"

"Esatto, signora Birdsong. E lasciatemi dire che mi dispiace per la vostra perdita", dissi.

Uno sguardo di irritazione concentrata balenò sul suo volto mentre agitava una mano guantata in segno di disgusto davanti a sé. Dietro di lei, il figlio alto con la carnagione cruda e il pomo d'Adamo dondolante sorrise con umorismo.

Strano.

"Non si aspetti che io mostri alcun dolore per quest'uomo, detective. Eravamo nel bel mezzo di un amaro divorzio quando è scomparso. Qualsiasi affetto che avevo per quest'uomo è morto da tempo. Un mese fa, ho pensato che avesse deciso di abbandonarci e di andarsene. Ma Phil – mio figlio, Phillip Birdsong – mi ha mostrato al computer questa immagine e così eccoci qui. Qui per aiutarvi a trovare l'assassino di Orville."

"Perché?" chiese Frank, sollevando un sopracciglio.

"Perché, cosa?" ripeté la signora Birdsong. Irritata.

"Perché volete aiutarci? Mi sembra che preferisca congratularsi con l'assassino e offrirgli una ricompensa."

"Il vero motivo per cui siamo qui, detective. Prima o poi voi due lo avreste identificato. E prima o poi sia io che Phil saremmo stati coinvolti in questa sgradevole vicenda come potenziali sospetti. Ho pensato che sarebbe stato prudente da parte nostra accelerare questo processo e sperare di mettere da parte i vostri sospetti."

Guardando alla mia destra notai l'immagine della mia faccia che si rifletteva sul vetro dell'ufficio del tenente. Un paio di folti baffi neri, capelli neri ricci, una parte di essi scendeva sopra il sopracciglio destro: la vaga somiglianza con un attore morto da tempo, dicono alcuni. Quasi bello, dicono altri. Pretty Boy, come il mio compagno mi chiamava spesso con sarcasmo. Tutto quello che vedevo era un poliziotto muto, dalle ossa grosse, con il cipiglio sulla faccia e il sospetto negli occhi. Qualcosa non tornava, mentre riportavo la mia attenzione alla moglie e al figlio.

Come un malato di mente che aspetta la prima scossa di un trattamento di elettroshock. Qualcosa si contorceva nelle mie viscere.

"Quando ha visto suo marito per l'ultima volta, signora Birdsong?"

"Ex-marito, detective", corresse fermamente, accigliandosi. "Lo abbiamo visto quasi esattamente un mese fa. Stava entrando nel suo negozio in New York Street. Sembrava stare abbastanza bene. Anche se era decisamente contrariato quando gli ho consegnato i documenti del tribunale."

"Documenti?"

"Il decreto che regola gli alimenti, detective. Come ho detto abbiamo litigato aspramente sulla questione. Devo ammettere che mi sono trovata a godermi il momento in cui ho visto l'espressione del suo viso. Ma posso dire che quella fu l'ultima volta che lo vidi vivo."

"Sa come è morto?" chiesi aspettandomi una qualche reazione da parte sua. O da suo figlio.

"Ho letto i resoconti sul giornale. Ho capito che una specie di cannibale lo ha attaccato."

"Gli ha mangiato la faccia", si intromise Frank in modo affascinante. "E poi gli ha tagliato le mani. La scientifica ci ha detto che il tizio era ancora vivo mentre l'assassino lo stava sgranocchiando. La causa ufficiale della morte è il dissanguamento. Qualcuno gli aveva iniettato una potente tossina nervina che lo rendeva incapace di provare dolore. O di muoversi."

Un po' di colore scomparse dal volto della donna. Più interessante fu il fatto che la massa mobile di angoscia adolescenziale dietro di lei ridacchiò mentre tirava nervosamente la manica del suo vestito.

"Beh... anche se i miei sentimenti per Orville erano passati da tempo... non avrei desiderato un tale destino per lui. Andiamo, Phillip, sono sicuro che abbiamo dato abbastanza informazioni a questi due signori. Dovremmo lasciargli fare il loro lavoro e trovare questo orribile assassino."

Guardammo i due andarsene in silenzio. Una volta scomparsi giù per le scale, mi voltai e guardai Frank, alzando un sopracciglio in attesa.

"Credo di aver appena visto un vecchio episodio di "Ai confini della realtà". Il ragazzo era davvero strano. E la madre. Affettuosa come una sanguisuga."

"Dai, andiamo a vedere la gioielleria di Orville."

Sorpresa!

Un altro corpo.

Un altro corpo con la faccia deliziosamente devastata da un apparente zombie.

Ma questa volta il cadavere era nella stanza sul retro, con le tende chiuse e l'aria condizionata spenta. Facendo, naturalmente, sembrare la gioielleria come le fosse sulfuree dell'inferno. Il corpo che giaceva sul pavimento era stato disposto a faccia in su, con le mani sul petto e le gambe strette insieme. Sul pavimento che circondava il corpo qualcuno aveva usato il gesso rosa per disegnare un centinaio di diversi simboli satanici e pittogrammi in un grande cerchio intorno al cadavere. Ma questo cadavere aveva le mani ancora attaccate. Questo aiutò. Con le impronte lo identificammo. Si dà il caso che fosse uno dei dipendenti di Orville Birdsong. Un vecchietto che viveva da solo in un appartamento a un paio di isolati dal posto in cui lavorava.

Un'altra sorpresa.

Le impronte di Phillip Birdsong erano ovunque nella stanza sul retro della gioielleria. Compresa una serie di impronte, nientemeno che di sangue, che ricoprivano uno spesso pezzo di gesso trovato accanto al corpo del piccolo uomo.

"No", disse Frank, guardandomi quando ricevemmo la notizia delle impronte digitali e scuotendo la testa incredulo. "È troppo semplice. È stato il ragazzo? Ha ucciso questo tizio e gli ha mangiato la faccia e poi ha iniettato a suo padre del veleno nervino e *gli* ha mangiato anche la faccia? No. Non me la bevo. Dev'esserci dell'altro qui. Molto di più."

Annuii in un pensieroso accordo.

Non importa quello che la gente legge nei romanzi polizieschi. Risolvere un caso come questo non è così facile. Qualcuno che si prende il tempo di iniettare alle sue vittime un veleno e poi mangiarsi lentamente la faccia non lascerebbe in giro un bastoncino di gesso insanguinato con le sue impronte digitali. No. Il mio stomaco si stava contorcendo di nuovo. Mi diceva che era una trappola. Il ragazzo stava per diventare il capro espiatorio. Ma un capro espiatorio per chi?

"Controlliamo la signora Birdsong e il figlio. Vediamo se troviamo qualcosa di interessante", dissi.

Trovammo qualcosa. Diverse cose, in effetti.

Innanzitutto, Phillip Birdsong era un ragazzo strano e contorto. Dentro e fuori dagli ospedali psichiatrici per tutta la vita con una forte fissazione per la mitologia satanica. E per la tortura degli animali domestici. Diverse volte sua madre ha dovuto tirare un sacco di fili per tirarlo fuori dalle grinfie di qualche procuratore che voleva mettere il ragazzo in prigione. O di qualche altro pubblico ministero che voleva rimandare il ragazzo in un ospedale psichiatrico per un soggiorno indefinito. Aveva tutte le caratteristiche di un serial killer in attesa di sbocciare. Non bisognava fare uno sforzo di immaginazione per immaginare che il ragazzo potesse essere il nostro assassino.

Però...

Sua madre era già stata sposata. Due volte, in effetti. E in entrambi i matrimoni i mariti avevano stipulato polizze assicurative molto grandi su se stessi per poi morire di cause naturali mesi dopo. Indovinate chi era l'unico beneficiario in entrambi i casi? Facile facile. Quando la signora Birdsong incontrò e sposò un gioielliere molto ricco di nome Orville Birdsong, era già abbastanza ricca.

E un altro punto interessante.

Il suo primo marito era stato un ricco chirurgo che aveva conosciuto mentre lavorava nel suo staff come infermiera chirurgica.

"Dimmi, cosa abbiamo, Turner? Potrebbe facilmente essere stato il ragazzo. É pazzo. Un pazzo omicida. Ma anche la mamma non è una Madre Teresa. Tre mariti morti in diciotto anni? Tutti e tre hanno stipulato enormi polizze assicurative e tutti e tre sono finiti morti? Attira un po' l'attenzione, no?"

Eravamo nella Chevelle SS che guidava nel traffico intenso verso il complesso di appartamenti recintato, dove vivevano la signora Birdsong e il suo caro ragazzo. Non dissi nulla mentre mi sedevo al volante e guidavo. Era una notte fresca di inizio primavera, quindi avevamo i finestrini abbassati e i gomiti sporgenti. Davanti il motore della Chevelle ringhiava pigramente e il vento fresco ci soffiava in faccia. Ma nessuno di noi era consapevole dei convenevoli della notte, mentre entrambi ci crogiolavamo nei nostri pensieri su come accusare qualcuno di omicidio senza prove.

Arriva un momento nella vita di ogni poliziotto in cui bisogna improvvisare. Per gettare il libro delle regole fuori dalla finestra e andare sulla pura intuizione. Questo era uno di quei casi. Pura intuizione di pancia.

Quando la signora Birdsong e la sua onnipresente ombra di figlio ci fecero entrare nel loro appartamento, potevo quasi percepire l'impetuoso piacere della donna che si irradiava fisicamente da lei.

"Perché detective, questa è una sorpresa. Posso chiedere cosa vi porta qui a quest'ora della notte?"

"Sono venuto a fare qualche altra domanda", iniziò Frank con disinvoltura. "Ho pensato che forse potrebbe sapere chi pulisce la gioielleria del suo ex marito quando lui non c'è."

"Cos... cosa?! Pulire il suo negozio?" sibilò, diventando improvvisamente molto pallida mentre si girava per fissare il figlio. "Uh ... di solito ... di solito Phillip lo fa subito dopo che Orville è andato a casa. Era... era un modo per lui di fare un po' di soldi per le spese. Perché... perché mai dovreste chiedere una cosa del genere?"

"Dopo che ve ne siete andati, io e Frank siamo andati alla gioielleria. Abbiamo trovato il posto immacolato. Come se qualcuno fosse appena entrato e l'avesse pulito con un pettine a denti stretti."

"Cosa? Impossibile! Phillip è stato costantemente al mio fianco da quando... da quando... No! Aspettate un minuto! Aspettate solo un dannato minuto!"

Si girò per affrontare il figlio, sempre in movimento e sempre sorridente, la rabbia nei suoi occhi era tale da fondere l'acciaio al tungsteno. Una mano si alzò e schiaffeggiò il ragazzo alto sul viso con un forte, inaspettato, scatto di rabbia.

"Idiota! Stupido! Tutti i miei piani... tutti i nostri piani! Rovinati perché dovevi andare giù al negozio un'altra volta!"

Cominciò a schiaffeggiare di nuovo la massa di umanità piagnucolante. Ma io le presi la mano, gliela tirai dietro e le tirai indietro l'altra mano prima di metterle un paio di manette.

"Idiota! Idiota! Stupido, stupido idiota! Ti avevo detto che ti avrei fatto uscire dall'ospedale in un anno o due! Non ti avrebbero accusato mai di omicidio. Mai! Ti avrebbero ricoverato in un ospedale e in un anno o due ti avrei fatto uscire! Perché hai agito alle mie spalle e hai cancellato tutte le prove? Stupido! Stupido!"

"Non l'ha fatto", scattò Frank, afferrandola rudemente per un braccio e conducendola verso la porta d'ingresso dell'appartamento. "Era tutto lì. I simboli satanici. Il corpo morto. Il gesso. Tutto quanto."

"A volte siamo fortunati", dissi, sorridendo ma non con piacere. "L'abbiamo più o meno capito. Non stava divorziando da Orville Birdsong. Era lui che stava divorziando da lei. È rinsavito e ha capito chi fosse e cosa stava facendo. Quell'enorme polizza assicurativa che la lasciava come beneficiaria le stava sfuggendo dalle dita e doveva inventarsi qualcosa di veloce per salvarla. Così ha ucciso due persone per farlo. L'ha fatto sembrare abbastanza satanico da indurre le autorità a indagare su suo figlio. Il gesso con le sue impronte sarebbe stato il fattore decisivo."

"Molto bene detective", disse la donna in un dolce sussurro

pieno di veleno. "Forse ho esagerato. Certo, non pensavo di scontrarmi con due poliziotti in gamba. Ma ve lo prometto. La prossima volta non farò più questo errore."

Lo sguardo nei suoi occhi di puro odio corrispondeva all'incredibile calma del suo atteggiamento. Un brivido mi percorse la schiena. Se il male esiste, credo di averlo visto quella notte negli occhi della signora Birdsong.

7

ABBIAMO TROVATO BEATRICE BONNER

Il buio scantinato puzzava di sogni dimenticati da tempo.

Di ricordi dimenticati.

Nell'oscurità nera i fasci di luce bianca delle nostre torce tagliavano le ragnatele e gli strati di polvere e decadenza. Suonava attraverso il disordine di una vita di accaparramento in un silenzio assoluto. Con cautela ci facemmo strada attraverso gli stretti corridoi del seminterrato annerito, con le potenti torce elettriche che attraversavano pareti di canyon di scatole coperte di polvere, impilate fino alle travi del pavimento sopra le nostre teste.

Il posto puzzava. Odorava di vecchio. Antico. Con un sentore di decadenza. Un acuto sentore di malattia.

Scatole. Riviste. Giornali. Libri. Un assortimento di biciclette. Fila di bauli, uno sopra l'altro, chiusi e sigillati, quando Nixon era presidente. Vestiti. Scatole e scatole di vestiti, ordinatamente piegati, coperti da un sottile strato di polvere, che puzzava di umidità e di funghi. Una vita di qualcuno che non ha mai lasciato andare. Senza mai scartare né l'importante né il frivolo.

I fasci bianchi delle nostre torce danzano nell'oscurità a destra e a sinistra. Cercando. Cercando ciò che già sapevamo essere qui sotto. In silenzio ci siamo fatti strada sempre più in profondità nel seminterrato della vecchia casa sapendo che alla fine avremmo trovato il macabro premio alla fine della nostra ricerca.

Dietro di me sentii il mio compagno grugnire e poi sentii una scatola scivolare minacciosamente da un lato. Voltandomi, puntai la luce sul suo viso e poi sull'alta colonna di scatole che torreggiava sopra la sua testa e che improvvisamente cominciò a inclinarsi pericolosamente verso di lui. L'aspirante gorilla di montagna dai capelli rossi sostenne la pila pendente con una mano tesa, uno sguardo di crescente frustrazione che giocava sul suo aspetto robusto.

"Questo posto è un fottuto incubo, Turner. Una mossa sbagliata e saremo sepolti in una montagna di merda. Ci vorrà un mese perché i ragazzi della scientifica ci trovino."

Mi girai di nuovo davanti, con un sorriso che giocava sulle mie labbra. Eravamo entrambi grandi uomini. Ma Frank era il proverbiale toro spagnolo in una cristalleria inglese. Aveva spalle che avrebbero fatto sentire la poppa smussata di una portaerei. Braccia spesse come i cavi principali che reggono il Golden Gate. La finezza, amico mio, non è il suo forte. Il trauma contundente è più il suo mestiere.

La torcia nella mia mano vagava attraverso la cortina di oscurità di fronte a me e lì, appena visibile all'estremità del fascio di luce della torcia, l'immagine di un muro di mattoni e un bordo di un grande e profondo lavabo.

"Da questa parte", dissi a bassa voce.

Abbiamo trovato quello che sapevamo che avremmo trovato. Nel mezzo del lavandino profondo. Il moncone insanguinato della gamba di una persona. Strappato dalla vittima appena sotto la rotula del ginocchio. Ancora avvolto nel tessuto abbronzato di una gamba di un pantalone. Il piede racchiuso in una vecchia scarpa nera e consumata con un calzino blu sbiancato e informe che copriva parzialmente una caviglia esposta.

Un pesante strato di sangue coagulato copriva il fondo del lavandino. Nel lavandino, accanto alla scarpa singola, giaceva un seghetto. Un seghetto insanguinato con la lama rotta. Giocando con la torcia sul pavimento di cemento coperto di polvere del seminterrato alla mia sinistra e alla mia destra non trovai un corpo. Ma trovai un fusto da cinquantacinque galloni, nero e opaco, con lettere bianche che dicevano "Acido cloridrico" stampate al centro. Il coperchio del barile era parzialmente chiuso. Il fetore dell'acido – e qualche altro odore su cui non volevo soffermarmi – era quasi opprimente.

Non volevo tirare il coperchio da un lato e guardare dentro. Fortunatamente, non ho dovuto farlo. La voce di Frank dietro di me mi fermò.

"Turner, guarda qui. Nel muro a destra e sopra il lavabo. Lo vedi?"

Lo vidi. Era inconfondibile.

Due mattoni rosso scuro mancavano dal muro. Nella luce era visibile la curva rotonda e liscia di un cranio umano che riempiva parzialmente il buco. Entrambi i fasci delle nostre torce si fissarono sul muro e non si mossero per molto tempo. Nessuno dei due disse nulla.

L'abbiamo trovata. Beatrice Bonner. Una tredicenne scomparsa da vent'anni. L'abbiamo trovata infilata nel muro del seminterrato di un relitto fatiscente di una casa di proprietà di un eremita di nome Charles Friedman. Ma il fascicolo delle persone scomparse sarebbe stato presto sostituito. Non era più scomparsa. Dai due grandi fori rotondi nella parte superiore del suo cranio – ferite pulite e taglienti provocate da qualcosa di lungo e affilato – il fascicolo di persona scomparsa sarebbe stato presto cambiato in omicidio.

"Chiama i ragazzi", dissi a bassa voce mentre la torcia tornava indietro e illuminava il moncone insanguinato nel lavandino. "Digli che abbiamo trovato il vecchio e la ragazza. Dì loro di portare abbastanza ragazzi. Questo è un caso di doppio omicidio ora."

Con cautela uscimmo dal seminterrato e salimmo lentamente i gradini sgangherati della cantina fino alla cucina. La casa era vuota. Vecchia e vuota. Dimenticata e vuota. Si trovava al centro di un lotto d'angolo quasi nascosto da occhi indiscreti da erbacce e file di cespugli non tagliati. Visibile dalle finestre del lato ovest della cucina c'era la cornice cadente di un garage distaccato. Una porta del garage era pericolosamente angolata. Tenuta in piedi solo da una cerniera ancora attaccata al garage. Guardando fuori dalla finestra potevo vedere il cofano del bagagliaio e le luci posteriori di una vecchia auto. Un'auto che non era stata spostata da generazioni. Abbracciati ai lati dell'auto c'erano scatole e scatole di giornali. Giornali secchi, sbiaditi, dimenticati da tempo.

La cucina era incredibilmente pulita e ordinata. Non c'erano piatti nel lavandino. Non c'era nulla sulla superficie piatta dei banconi della cucina che sembrasse fuori posto. Al centro della cucina c'era un piccolo tavolo dipinto di bianco con quattro sedie abbinate. Sedie perfettamente allineate. La superficie del tavolo perfettamente pulita.

"Cosa c'è di sbagliato in questa foto?" Frank grugnì, voltandosi a guardarmi e sollevando un sopracciglio interrogativo.

"Qualcuno ha un feticcio per la pulizia", risposi, accigliandomi. "In una casa che è stata trasformata in un magazzino di rifiuti abbandonati."

"Il nostro sospettato?"

Il nostro sospettato era un quarantenne malato di mente recentemente rilasciato di nome Jacob Friedman. Il figlio del proprietario di casa, Charles Friedman. Quattro ore prima

Jacob era entrato nel South Side Precinct, aveva preso l'ascensore appena installato fino al secondo piano che ospitava la sezione omicidi, aveva trovato me e Frank seduti alle nostre scrivanie a sbrigare pratiche e aveva confessato di aver appena ucciso suo padre.

Proprio così. Un ometto nervoso con le mani che non smettevano di tremare e gli occhi azzurri acquosi che non riuscivano a guardarti dritto in faccia. Confessò in piedi accanto ai nostri banchi con una voce morbida di quieta rassegnazione. Disse di aver ucciso suo padre. Disse di sapere dove fossero i resti di Beatrice Bonner. Disse che voleva tornare in ospedale. Voleva tornare nel reparto di detenzione. Tornare al sicuro. E che non voleva più essere lasciato solo.

Jacob Friedman aveva passato gli ultimi diciotto anni in un manicomio. Dieci di questi diciotto anni in una sezione di alta sicurezza del manicomio. Dietro porte chiuse e recinzioni di filo spinato. In una cella imbottita. Con occhi che lo osservavano diciotto delle ventiquattro ore del giorno. Vent'anni fa, lo stato lo accusò di aver rapito Beatrice Bonner e di averla uccisa. Prove indiziarie, naturalmente, dato che non fu mai scoperto un corpo. Jacob era già conosciuto dai vicini come un ragazzo malato e contorto. Molti testimoniarono che era stato Jacob a rubare i loro amati animali domestici e ad abusarne e torturarli nel bosco dietro la casa dei Freidman. Gli stessi vicini, e altri testimoni, avevano detto che questa creatura spaventata, fragile e pallida di un uomo e la ragazza erano stati visti insieme quel giorno mentre camminavano verso un negozio del quartiere. Si ricordavano di lui che tornava a piedi dal negozio. Da solo.

Beatrice Bonner non fu mai più vista.

Fino ad ora.

Ricordo il viaggio in macchina verso la periferia per trovare la casa dei Freidman. Era una giornata nuvolosa, acida e spregevole di rovesci casuali, alta umidità e caldo soffocante.

Sembrava che quel giorno il tempo avesse messo tutti di cattivo e scorbutico umore. Mentre guidavo la Shelby GT350 Mustang, la mia auto preferita, con Frank seduto sul sedile del passeggero alla mia destra, ricordo di aver ascoltato la musica dei Depeche Mode alla radio. Era la loro *"Policy of Truth"* Un rombo di bassi che si lamentava di un amore andato male. Una perfetta canzone di copertina per questo caso, pensai tra me e me, mentre guidavo.

Pensando al caso la musica suonava ancora cupamente nella mia mente.

In modo inquietante, mentre tornavamo alla casa del distretto ore dopo, dopo che i ragazzi della scientifica avevano esaminato minuziosamente il posto, la canzone suonava di nuovo alla radio.

Un paio di giorni dopo l'assistente procuratore distrettuale Anthony Scarborough si congratulò con noi e disse che avevamo fatto un buon lavoro in questa indagine. Il caso era aperto e chiuso. Questa volta Jacob Friedman sarebbe finito nella camera a gas e nessun avvocato intelligente l'avrebbe tirato fuori con una dichiarazione di infermità mentale.

"Ha firmato una confessione?"

"Non ha detto una parola o mosso un muscolo dal giorno in cui è entrato e ci ha detto di averlo fatto", risposi con amarezza. "È rimasto seduto nella sua cella come una statua. Non mangia quasi mai. Non dice mai una parola. Non muove un muscolo."

"Beh... va bene", ringhiò il procuratore e annuì. Ma i solchi di linee che gli corrugavano la fronte sembravano preoccupanti. "Purché voi due testimoniate che ha confessato i crimini quando vi ha avvicinato. Questo, e le prove che abbiamo, dovrebbero essere sufficienti per una condanna."

"Quali prove, coso?" Frank grugnì, accigliato e con l'aria di un vulcano malefico che stava per esplodere.

Lottai duramente per nascondere il sorriso che voleva spaccare le mie labbra in due. Coso era un soprannome che il mio collega, il sosia di un gorilla di montagna, usava per etichettare le persone che riteneva essere degli stupidi idioti. E aveva messo il vice procuratore Anthony Scarborough in cima alla lista.

"Non mi chiamo coso, sergente Morales. Quante volte devo dirtelo? E le prove? Eccole. É un noto sadico. I resti di suo padre – quel poco che ne è rimasto – sono stati trovati in un lavandino del seminterrato di una casa che lui e suo padre occupavano. É stato visto l'ultima volta con la ragazza mentre andavano in un negozio locale. Le sue impronte sono ovunque sull'arma usata per fare a pezzi suo padre. Di quali altre prove avete bisogno?."

Aperto e chiuso.

Persino io sentivo che il tizio era probabilmente colpevole. Ma...

Questa voce fastidiosa nella mia testa. Un sussurro insistente che non voleva saperne di tacere. Non riuscivo a capire cosa stesse cercando di dire. Ma potevo dire che sicuramente non era felice del modo in cui il caso si stava svolgendo.

Fratello, se sei un poliziotto, ogni tanto ti arrivano queste vocine fastidiose. Ascoltale. Il più delle volte iniziano a sbraitare appena sotto la superficie della coscienza quando c'è qualcosa che non va nell'indagine. Non urlano abbastanza forte da schiaffeggiarti sul lato della testa con un mattone e dirti cosa c'è che non va. Ma fanno rumore. Un rumore irritante che ti dice che hai sbagliato da qualche parte. Ti è sfuggito qualcosa. O hai trascurato qualcosa. O qualcosa non ha senso.

O forse, solo forse, era solo troppo dannatamente facile.

Io e Frank scendemmo in ascensore in silenzio. Solo noi due. Entrambi avevamo le braccia incrociate sul petto e il ciglio sulle labbra. Guardavamo i nostri grugni acidi nei riflessi delle porte di acciaio inossidabile di fronte a noi. Entrambi sapevamo che qualcosa non andava. Qualcosa non quadrava. Qualcosa era fuori posto da qualche parte.

"Pensi che forse...?"

"Dannatamente giusto", annuii prima che potessi finire. "Uno tiene la cucina immacolata, ma lascia il lavandino della cantina che sembra un tavolo da macellaio. Non ha senso."

"Quindi, è possibile che non sia il nostro..." Iniziai a dire.

"Diavolo, no. L'omicidio del vecchio è stato commesso da qualche altro pazzo", scattò Frank con rabbia, annuendo con decisione. "E scommetto lo stipendio del prossimo mese che anche l'omicidio di Beatrice Bonner è stato una montatura."

"Quindi forse dovremmo..."

"Mi hai tolto le parole di bocca, ragazzo. Per Dio, dovremmo tornare alla casa e passarla al setaccio. Setacciare quel posto di merda dalla soffitta al seminterrato. Dev'esserci qualcosa che ci è sfuggito laggiù. Deve esserci."

Sorrisi quando le porte dell'ascensore si aprirono e rivolsi uno sguardo al mio amico.

"Sono contento che abbiamo parlato", dissi, annuendo, mentre uscivamo dall'ascensore.

"Turner, a volte parli troppo."

Il sorriso si allargò mentre ci dirigevamo verso il parcheggio e verso la Shelby Mustang.

———

Ore.

Ore di ricerca nel seminterrato. Il piano terra. Il piano superiore. Passando al setaccio ogni cosa. Sondando ogni angolo e fessura. E alla fine, affrontando le pile di giornali che sembravano essere colonne alte e silenziose di un silenzio mortale che disseminavano il pavimento del seminterrato.

E... epifania.

Qualcosa è scattato. Qualcosa è scattato nelle nostre teste. Quelle piccole voci che ci infastidivano entrambi si sono improvvisamente zittite. Abbiamo alzato gli occhi dalle pile di giornali che ci stavano quasi seppellendo e ci siamo fissati l'un l'altro.

"Che l'inferno mi accolga", ringhiò Frank, scuotendo la testa incredulo e guardando la carta marrone e friabile sparsa sul suo grembo. "Imbavagliami con un cucchiaio, California Girl, e chiamami stupido."

"Stupido!" grugnii umoristicamente, sorridendo, mentre mi passavo una mano tra i capelli. "Ma chi diavolo se ne sarebbe accorto vent'anni fa?."

"Già. Ma comunque..."

Seppelliti in una pila di giornali c'erano sei giornali che avevano titoli infuocati in prima pagina a grandi lettere che dicevano,

8

CORPI DI RAGAZZE SMEMBRATE
TROVATE NEI BOSCHI

Sei di loro. Sei corpi. Tutte vittime femminili sotto i vent'anni. Due in Kansas. Uno nel Missouri. Due in Illinois. Uno nell'Indiana. Molti degli articoli includevano la scomparsa di Beatrice Bonner e suggerivano che potesse essere la settima vittima. Tutte storie quasi identiche. Casi che si protraevano per decenni. Ragazze strappate dai marciapiedi in tranquilli quartieri residenziali. Scomparse per settimane. E poi i pedoni, o gli escursionisti, o i lavoratori edili, inciampavano sulle ossa sparse dei morti in una foresta. Le ragazze sono state uccise secondo schemi identici. Ogni vittima aveva due fori nella parte posteriore della testa. E poi sono state smembrate.

Gli omicidi risalgono a decenni fa. I primi due sono avvenuti quando Jacob Friedman aveva appena dieci anni.

"Jacob Friedman non ha ucciso Beatrice Bonner", ringhiò Frank, guardandomi e accigliandosi. "L'assassino era suo padre. A quanto pare, un serial killer."

"Ma scommetto che il nostro assassino malato non ha cercato di nascondere il suo piccolo segreto a suo figlio."

"Pensi che Jacob abbia aiutato il vecchio a uccidere queste ragazze?"

"Non credo", dissi, scuotendo la testa. "Ma il ragazzo sapeva. Lo sapeva da molto tempo. E sapere cosa stava facendo suo padre lo ha fatto andare fuori di testa."

"Ascolta," disse Frank, sollevando un sopracciglio per la sorpresa e girandosi a metà per guardare il muro di mattoni e il buco dove avevamo trovato i resti di Beatrice Bonner. "Sai, non abbiamo trovato nulla che menzioni la madre di Jacob. Nessun documento di divorzio. Nessun avviso di funerale. Niente. Non pensi che..."

Entrambi guardammo il muro di mattoni del seminterrato e stringemmo gli occhi pensierosi.

Sì, era lì. Dietro una toppa di cemento nel muro. Una squadra di ragazzi della scientifica impiegò tre ore per tirarla fuori. Ma era, come le altre vittime, smembrata e con due fori nella parte posteriore del cranio.

La nostra perseveranza nell'investigare il caso, grazie all'ascolto delle piccole voci assillanti nella nostra testa, ci ha aiutato a risolvere sette vecchi casi di omicidio. Ma non sapevamo ancora chi avesse ucciso il padre di Jacob Friedman.

"Jacob avrebbe potuto", disse Frank, strofinandosi il mento pensieroso mentre stavamo a guardare i ragazzi del laboratorio inserire le ossa nelle buste di plastica ed etichettare meticolosamente ciascuna di esse. "Potrebbe essere tornato dal manicomio e aver perso la testa. Il vecchio deve aver detto qualcosa. E Jacob ha perso la testa. È impazzito."

Stavo ascoltando a metà le riflessioni di Frank. Ma ero più interessato a un giornale che avevo trovato e che descriveva in dettaglio la scomparsa di Beatrice Bonner. Era una storiaconcisa e ben scritta. Così ben scritta che due cose mi saltarono all'occhio quasi all'istante.

La prima era che la famiglia di Beatrice Bonner viveva proprio di fronte alla casa dei Freidman. La seconda era che il padre della ragazza morta era un idraulico. Quando lessi questo, mi fermai a guardare il buco ormai spalancato in cui Beatrice e la signora Friedman avevano riposato per tutti questi anni.

Ovvio. I tubi dell'acqua serpeggiavano attraverso il muro a battente e si facevano strada verso il lavandino del lavatoio di fronte a noi.

"Andiamo", dissi, gettando il giornale da un lato e girandomi per andarmene. "Credo di sapere chi ha ucciso il vecchio Friedman."

Era un uomo anziano ora. Patrick Bonner. Capelli bianchi, magro come un osso. Pelle marrone scuro e resistente come cuoio grezzo. Indossava una vecchia camicia sbiadita dal tempo e jeans larghi. Era seduto sul portico anteriore in una sedia a dondolo dall'aspetto malconcio, con una gamba buttata sopra l'altra, fumava una sigaretta e osservava l'andirivieni della polizia e dei ragazzi del laboratorio con un interesse spassionato. Non batté ciglio né mosse un muscolo quando vide me e Frank uscire dalla casa dei Friedman, camminare sul marciapiede, attraversare la strada e iniziare a risalire il marciapiede che portava a casa sua.

"Avete finalmente capito, ragazzi?" disse con voce disinvolta, quasi amichevole, mentre i nostri piedi calpestavano il primo gradino che portava alla veranda.

"Sì signore, la maggior parte." Dissi, annuendo. "Ma può riempire i dettagli, se vuole."

Un occhio si strinse e ci guardò per un momento o due, mentre la sigaretta pendeva dalle sue labbra e il fumo saliva oltre il suo viso. Alla fine, scrollò le spalle, sollevò una mano, estrasse la sigaretta dalle le labbra e la spense nel prato di fronte a sé.

"Certo, perché no. Ora è tutto finito. L'attesa. L'inconsapevolezza. La rabbia. Tutto quanto. Sparita. Spero che quel figlio di puttana bruci all'inferno. Bruci per l'eternità."

"Cos'è successo, signor Bonner?" chiese Frank.

"Charlie è stato su una sedia a rotelle negli ultimi tre anni. In cattive condizioni di salute. Viveva con quel poco di pensione e di previdenza sociale che riusciva a ottenere. Quando ha saputo che Jacob sarebbe uscito dall'ospedale e sarebbe tornato a casa, mi ha chiamato e mi ha chiesto se fossi disposto a riparare una perdita giù in cantina. Non mi piaceva quel figlio di puttana. Non mi è mai piaciuto. Ho sempre pensato che fosse un vecchio pazzo. Pensavo che suo figlio fosse pazzo. Ma dissi che andava bene, sarei andato e avrei visto cosa potevo fare.

È stato allora che l'ho trovata. Beatrice. Ho dovuto fare un buco nel muro di mattoni e ho dato una sbirciata alle tubature. Ho scelto per caso il punto esatto in cui Charlie nascondeva quello che aveva fatto a mia figlia. Sono andato, beh, lo sa. Sa cosa è successo dopo."

"E Jacob?" chiesi. "Cosa c'entra Jacob in tutto questo?"

"Non so", sospirò il vecchio, scuotendo la testa e guardando pensieroso. "Deve aver scoperto quello che ho fatto a suo padre in cantina. Quel poco di sanità mentale che gli era rimasto ha deciso di andarsene. L'ho visto salire su un taxi e sparire lungo la strada. A quanto pare, il taxi l'ha portato dritto da voi. Diavolo, sono stato seduto su questo portico ad aspettare che voi arrivaste negli ultimi tre giorni. Stavo cominciando a chiedermi se l'avrei fatta franca."

Lo portammo in centrale. Lo arrestammo per omicidio di primo grado. Poi andammo dal viceprocuratore distrettuale Anthony Scarborough e gli dicemmo che era un fottuto idiota. Beh... non così bruscamente. Ma quando ce ne andammo, non aveva dubbi su quello che pensavamo di lui. Dopodiché riaccompagnammo Jacob Friedman al manicomio. Lo lasciammo che ci sorrideva sognante, mentre due infermieri maschi lo prendevano delicatamente per le braccia e iniziavano a portarlo lungo il largo sentiero del giardino dell'oblio.

La giustizia è una stronza crudele.

9

CHARLIE FLASH

L a notte era come una bara color inchiostro, si adattava troppo bene all'uomo defunto da poco.

Nera. Desolata.

Soffocante e decisamente minacciosa. Persino le luci agli angoli delle strade stavano combattendo una disperata azione di tenuta per tenere a bada l'oscurità.

E stavano decisamente perdendo.

Era una di quelle notti calde e umide di fine estate. Un passo fuori dall'aria condizionata e l'afa ti tirava fuori quasi ogni grammo di umidità. C'erano più possibilità di rimanere asciutto in mezzo a una piscina pubblica. O sdraiato accanto a un idrante aperto. Non c'era modo di rimanere asciutti. Quindi perché provare?

Eravamo in piedi nell'ombra di Brent Street, a poche centinaia di metri da dove la Brent incrociava la Holmes. Entrambi – il mio socio, Frank Morales, e io – eravamo in piedi accanto a una Caddy Coupe de Ville bianca e guardavamo il cadavere. La portiera sinistra della Caddy era spalancata e il corpo era mezzo rovesciato fuori dall'auto. La sua testa arrivava quasi a toccare il calore bollente del cemento della strada. Le braccia erano distese sopra la testa, mentre il resto del corpo si era in qualche modo incastrato nei sedili di pelle scura dell'auto.

Sul cemento appena sotto la testa dell'uomo c'era una grande pozza di sangue. Come avrebbe dovuto essere, vista la dimensione dei due fori che gli erano stati praticati sulla fronte da una nove millimetri. Sangue e materia cerebrale coprivano gli interni dell'auto con uno spesso rivestimento di roba scura. Un casino in cui ero felice di non dover giocare.

"Allora, il buon vecchio Charlie è stato finalmente beccato", grugnì Frank, infilando le mani nelle tasche dei pantaloni e scuotendo la testa. "Francamente, se me lo chiedi, non poteva succedere a un verme più meritevole. Sono sorpreso che sia vissuto così a lungo."

Annuii in assenso.

Ci sono molte persone in questo mondo che non mi piacciono. Poche che posso dire di odiare. Ancora meno quelle che penso dovrebbero essere tranquillamente eliminate, e poi prontamente dimenticate. Ma Charlie Flash era in una categoria tutta sua. Pappone e spacciatore di droga, Charlie era nel racket più profondo in cui si potesse entrare. Si diceva che fosse uno dei sicari della mafia locale. Gli piaceva fare del male alle persone quando era chiamato a farlo. Gli piaceva far male alla gente quando non era chiamato a farlo. La sua fedina penale era più lunga della Cadillac che guidava.

Nessuno avrebbe pianto la scomparsa di Charlie Flash. Anzi, ero abbastanza sicuro che un certo numero di persone avrebbe tranquillamente applaudito con apprezzamento colui che aveva messo Charlie nella tomba. Pensai di comprare a chiunque avesse timbrato il cartellino di Charlie un biglietto per Aruba e regalargli una settimana di vacanza tra surf e sole. Ma, ovviamente, questo non sarebbe successo. Non poteva succedere. I detective della omicidi non dovrebbero premiare le persone che usano le pistole per uccidere la gente. Si suppone che noi li rintracciamo e li sbattiamo in prigione.

Sono un poliziotto, proprio come Frank. Detective della omicidi che lavora al South Side Precinct. Ed essendo un poliziotto, ho giurato di difendere e obbedire alle leggi di questa bella città. Anche se, come adesso, sapevo che la giustizia sarebbe stata servita meglio se ci fossimo girati, fossimo andati via e avessimo dimenticato quello che era successo mezz'ora prima.

Ma non avevamo intenzione di andarcene.

"Credo che sia andata così", cominciò Frank, tirando fuori una mano dalla tasca e usando un dito per indicare qua e là. "Il nostro tiratore si avvicina all'auto da quella direzione e si ferma più o meno qui."

Indicò la strada di fronte all'auto con il suo grosso dito calloso e poi lo spostò lungo la strada per puntarlo, infine, sulla strada proprio di fronte al lato sinistro dell'auto. Proprio davanti al parabrezza.

"Charlie non si aspetta niente", continuò Frank, alzando il dito e indicando i due fori perforati nel vetro del parabrezza e facendo poi il movimento di premere il grilletto di una pistola. "Quindi sa chi si avvicina a lui. Sa chi è e non se ne preoccupa."

Annuii, vedendo tutto nella mia testa.

"Ma poi il tizio tira fuori la pistola e la solleva", dissi, aggiungendo qualcosa dove Frank aveva lasciato. "Charlie cerca di uscire dalla macchina. Apre la portiera e si gira per uscire. Ma troppo tardi. Il tizio infila con calma due proiettili nel vetro e becca Charlie. Semplice."

"Sì, semplice," annuì Frank, girandosi a guardarmi e accigliandosi.

Frank non sembrava convinto.

Io non ero convinto.

L'omicidio non è mai così semplice.

Ci girammo entrambi e guardammo la macchina bianca e nera ferma sul marciapiede, il suo banco di luci che lampeggiava con fasci rosse e blu di disperazione nella notte calda. In piedi, accanto a un agente vestito di blu, c'era presumibilmente il nostro tiratore. La ragazzina arrivava a malapena all'altezza del distintivo che l'ufficiale portava appuntato sulla sua uniforme blu a maniche corte. Tremava violentemente. I suoi occhi erano grandi come gusci di vongole, pieni di lacrime e dal modo in cui le sue braccia sembravano sottili come ossa, dubitai che avesse mangiato molto nell'ultima settimana.

Ma con uno sguardo seppi che non aveva fatto fuori Charlie Flash con una nove millimetri. Due cose erano ovvie. Primo, dubitavo che potesse sollevare un'arma e premere il grilletto. Sembrava troppo debole, persino emaciata. In secondo luogo, ero abbastanza sicuro che fosse destrorsa. Il modo in cui continuava ad asciugare le grosse lacrime di coccodrillo che le scorrevano sulle guance con il dorso della mano destra era abbastanza convincente.

Il nostro tiratore era mancino. Mancino e considerevolmente più alto. Ma dovevo essere sicuro.

Alzai una mano, con un dito la invitai verso di noi. Lei esitò, diede un'occhiata a destra e a sinistra, si sollevò dall'auto bianca e nera e camminò verso di noi. Mentre si avvicinava, diedi un'occhiata a Frank e gli dissi di estrarre la sua nove ed espellere il caricatore e il colpo in canna. Lui annuì, senza dire nulla, e la tirò fuori dalla fondina a tracolla con un solo movimento, proprio mentre la ragazza si fermava davanti a me.

"Il tuo nome?" chiesi senza mezzi termini.

"Mary", sussurrò a malapena, i suoi occhi non abbandonarono la vista della pistola nella mano di Frank, mentre lui faceva scivolare fuori il caricatore e lo infilava nei pantaloni.

"Mary, perché hai detto all'agente laggiù che hai sparato a questo tizio?"

"Perché... perché dovevo farlo! L'ho fatto. Lo rifarei se dovessi farlo. Il bastardo!"

"Uh huh", dissi, guardando Frank che faceva un cenno con la testa verso la ragazza. "Dalle il pezzo, Frank."

Frank, largo come un camion Mack e due volte più duro, non disse una parola. Frank sembra la reincarnazione di un incubo. Non ha il collo. La sua testa ha la forma di un blocco di cemento e c'è una leggera cresta ossea che corre lungo la larghezza della sua fronte proprio dove si trovano le sopracciglia. È così brutto che farebbe sembrare Frankenstein un gigolò. Spaventoso non si avvicina nemmeno a descrivere l'uomo quando ha un'espressione corrucciata e i suoi occhi marroni non sono altro che dure punte di carbone ardente.

Passò la pistola alla ragazza senza fare rumore. La ragazza prese la pistola con una mano che tremava violentemente e lo sguardo di quasi morte dipinto sul suo viso incolore. I suoi occhi erano puntati su Frank, e pensai che sarebbe svenuta da un momento all'altro.

"Mostrami come hai fatto, Mary. Mostrami e dimmi come hai fatto allo stesso tempo."

Allungò una mano magra e prese la Glock da Frank. Quasi la lasciò cadere. Ma si trattenne e abbassò la pistola al suo fianco mentre si girava e indicava la strada con la mano libera.

"Stavo camminando su quel marciapiede laggiù quando ho visto la macchina di Charlie parcheggiata qui in strada. Aveva la portiera aperta e stava parlando con una ragazza. Urlava, la insultava. Diceva che lei gli stava nascondendo qualcosa. Diceva che le avrebbe rotto qualche costola, se non avesse tirato fuori i soldi entro mezzanotte."

"Chi era questa ragazza", chiese Frank guardandola attentamente.

"Non so. Non l'ho mai vista prima. Una puttana che lavora per lui."

"Ci torneremo", dissi, infilando le mani nelle tasche dei pantaloni mentre mi allontanavo da lei e guardavo la strada dalla direzione da cui aveva detto di essere venuta. "Ma per ora, raccontaci il resto della storia."

"Corre via, questa ragazza, tutta in lacrime e isterica. Charlie stava per fare esattamente quello che aveva detto. Le avrebbe rotto qualche costola. L'aveva già fatto con altre ragazze. Fu allora che mi arrabbiai. Mi avvicinai alla macchina e... e... e gli sparai. Due volte."

"Proprio così", grugnì Frank, sollevando un sopracciglio folto. "Sei arrivata qui con una pistola e gli hai sparato a bruciapelo."

"Certo... certo che l'ho fatto."

"Dove hai preso la pistola?" chiesi, accigliandomi.

"La pistola? Oh... Io... uh..."

Si guardava intorno, incespicando nelle parole, sbattendo le palpebre per la confusione. Abbiamo aspettato che componesse la sua cazzata, quasi sorridendo nel processo. Le ci sono voluti alcuni secondi, ma era una ragazza intelligente.

"Era la pistola di Charlie. Mi ha chiesto di andare a prenderla nel bar che possiede in fondo alla strada."

Charlie Flash possedeva un bar in fondo alla strada, a un isolato di distanza. Si chiamava *The Blue Kitty*. Non era altro che una base operativa per il suo bordello. Ma era vicino. E senza dubbio ci sarebbe stata una pistola nascosta da qualche parte nel bar.

Sono rimasto impressionato. Era un pensiero veloce. Intelligente.

"Ok, ora alza la pistola e mostraci come hai sparato a Charlie."

"Eh?" rispose lei, sbattendo gli occhi sorpresi verso di noi.

"Hai sentito cosa ha detto", grugnì Frank, inclinando la testa verso il caddy. "Alza la pistola e premi il grilletto. Due volte."

Fissò Frank e poi me e cominciò a tremare ancora più violentemente. Vedendo che non sarebbe riuscita a cavarsela con le parole, si avvicinò alla macchina e sollevò la pistola - usando entrambe le mani - con la *destra* che teneva la pistola e la sinistra che serviva da piattaforma per appoggiare il calcio della pistola. Premette il grilletto due volte. Ogni volta fu uno sforzo. La pistola ondeggiava dappertutto ogni volta che premeva il grilletto.

"Hai visto?" chiesi, lanciando un'occhiata a Frank.

"Sì. Circa due pollici, direi."

Annuii. Pensavo la stessa cosa.

Mary abbassò la pistola e poi la restituì a Frank. C'era un'espressione di confusione sul suo volto. Sapeva che non le credevamo. Non riusciva a capire perché.

"Eh?"

"Dicci la verità, Mary. Chi ha davvero sparato a Charlie." Grugnii, voltandomi a guardarla di nuovo. "E niente stronzate questa volta. Non sei stata tu e l'hai appena dimostrato."

"Eh! L'ho fatto? Come?"

Un brontolio di divertimento uscì da qualche parte nel profondo del petto di Frank mentre prendeva la sua pistola e la ricaricava velocemente prima di infilarla nella fondina da spalla. La guardò e poi fece un cenno con la testa verso la Cadillac.

"Tu sei destrorsa. Chi ha sparato era mancino. Non mangi nulla da un paio di giorni, quindi sei debole. Premere il grilletto ha richiesto uno sforzo da parte tua. Dubito che riusciresti a colpire un fienile in piedi a un metro e mezzo."

"E tu sei circa cinque centimetri più bassa del vero tiratore", dissi, alzando una mano e indicando i buchi nel parabrezza. "Quindi non sei l'assassina a sangue freddo che dici di essere. La domanda però è: perché questa bugia? Chi stai proteggendo?"

Sbattè gli occhi grandi e sorpresi verso di noi per un secondo o due, e poi si girò piegata in avanti per scrutare il parabrezza prima di mormorare tranquillamente "Figlio di puttana!" tra sé e sé.

"Va bene, sono troppo bassa. Ma come facevi a sapere che era un tiratore mancino?."

"Linea di tiro, ragazza ", ringhiò Frank, alzando la mano e puntando un dito come se fosse la canna di una pistola contro il Caddy. "Un mancino si è avvicinato e ha premuto il grilletto due volte. Entrambi i proiettili sono entrati nella fronte di Charlie e sono usciti dalla nuca. Se guardate nell'auto, vedrete dove entrambi i proiettili hanno attraversato il sedile posteriore direttamente dietro di lui."

"Un tiratore destrorso sparerebbe ad angolo", risposi prima che lei potesse fare la domanda. "I proiettili sarebbero dall'altra parte del sedile posteriore. Quindi non sei tu il nostro assassino. Ora dicci chi è."

È lì che pensò di chiudersi a riccio. Si accigliò, incrociò le braccia davanti a sé, e dipinse sul suo viso l'espressione di una muta che non avrebbe detto un'altra parola. Ma Frank, essendo l'adorabile teppista che è, si chinò e infilò quel blocco di cemento della testa quasi a distanza ravvicinata dal suo orecchio sinistro. E poi a squarciagola gridò: "Rispondi alla domanda, dannazione!

Mary saltò un metro dall'asfalto della strada, stringendo gli occhi chiusi e abbassando la testa in un solo movimento. Ma quando atterrò di nuovo in piedi, fece un sospiro, lanciò un'occhiata stupida a Frank e fece un cenno con la testa.

"È stata Janice. Ho visto Janice tirare fuori la pistola dalla borsa e sparare a Charlie."

"Chi è Janice?" chiesi.

"Mia, mia sorella", rispose con appena più di un sussurro.

"Da laggiù, a più di un isolato di distanza? Hai riconosciuto tua sorella in questo buio?" grugnii, aggrottando le sopracciglia, dando un'occhiata indietro lungo la strada dalla direzione da cui veniva.

"L'ho vista uscire dal vicolo laggiù" disse, alzando un braccio e indicando il buco nero di un vicolo che si apriva tra due edifici quasi proprio di fronte al Caddy. Uno degli edifici aveva una luce che illuminava l'ingresso.

"Aveva questo vestito giallo molto bello che adoro. La fa sembrare molto carina e attira gli uomini, se sai cosa intendo. Ho riconosciuto il suo vestito mentre passava."

"Tua sorella è mancina?"

Mary guardò Frank e, con riluttanza, annuì, poi chinò la testa e fissò cupamente la strada.

"Dove vive?" chiese Frank.

Mary disse giù per il vicolo, fino al prossimo isolato. L'edificio Hogan. Terzo piano, appartamento 30. Guardai il vicolo e mi accigliai. Poi mi voltai e feci cenno all'agente di pattuglia che stava accanto alla macchina bianca e nera, gli dissi di portare Mary in riformatorio e di assicurarsi che avesse qualcosa da mangiare.

In silenzio attraversammo la strada e scendemmo nel vicolo buio verso Montrose Street. Il vicolo puzzava di urina, sia umana che di gatto, ed era disseminato di cassonetti e cartacce. Ma emergendo dall'altro lato vedemmo l'edificio Hogan. Guardando in alto vedemmo una luce dove avrebbe dovuto esserci l'appartamento 30. Non ci volle molto per salire le tre rampe di scale e fermarci davanti alla porta dell'appartamento.

Poco dopo, una giovane donna dai capelli castani, quasi una

replica di Mary, ma un po' più vecchia, aprì parzialmente la porta e ci guardò con grandi occhi marroni e rotondi.

Le dicemmo chi eravamo e mostrammo i nostri distintivi da detective. Quando menzionammo il nome di Mary, la catena della porta volò via e lei aprì la porta con il panico scritto negli occhi.

"Mary? Sta bene? Le è successo qualcosa?"

"Sta bene", risposi mentre entravamo nel suo piccolo appartamento e ci guardavamo intorno. "Ma Charlie Flash no. È morto."

"Cos...! Ma... ma...!"

Indossava un paio di jeans blu, un pullover corto senza maniche ed era scalza. Il suo appartamento consisteva in due stanze e un bagno. Spartano nell'arredamento, ma decente. Accanto alla porta d'ingresso c'era un grande tavolo di quercia con una lampada sopra. Accanto alla lampada c'era una piccola borsa nera. Una borsa abbastanza grande da contenere a malapena un piccolo portafoglio e forse delle chiavi. Non abbastanza grande da contenere una pistola.

"Questa è la tua borsa?"

Totalmente confusa, sbattendo i grandi occhi marroni per la sorpresa, mi guardò e annuì.

"Hai un'altra borsa che porti a volte?"

Doveva aver pensato che fossi appena uscito dal manicomio, ma scosse la testa e disse dolcemente che quella era l'unica borsa che aveva. Frank stava dando un'occhiata alla stanza, poi si infilò nell'unica camera da letto del posto per qualche secondo prima di riemergere di nuovo. Mi diede un'occhiata e capii che aveva trovato qualcosa. Ma per il momento non disse nulla.

Guardai di nuovo la ragazza di fronte a noi.

"Quando è stata l'ultima volta che hai visto Charlie Flash vivo?"

"Circa quattro ore fa. Che cosa è successo? Dov'è Mary?"

"Hai un vestito giallo? E l'hai indossato oggi?"

Di nuovo, quello sguardo nei suoi occhi mentre mi fissava. Dovevo sembrare pazzo. Pericolosamente pazzo. Ma lei fece un cenno con la testa e disse che era nel suo armadio.

"Non è nel tuo armadio", rispose Frank, scuotendo la testa.

"Deve esserci. L'ho fatto pulire proprio oggi" rispose lei, la rabbia che improvvisamente lampeggiava calda nella sua voce. "E voi due vorreste dirmi dov'è Mary? E cos'è successo a Charlie?"

Glielo dicemmo. Lo sguardo di paura e sorpresa che le illuminò il viso quando le dicemmo come era morto Charlie fu quasi sufficiente a convincermi che non era nemmeno lei la nostra assassina. Ma quando sollevò la mano sinistra e si coprì la bocca con orrore, vidi il profondo livido bluastro-violaceo che le ricopriva l'avambraccio sinistro dal polso al gomito. In quel momento capii che non aveva estratto una pistola e sparato a nessuno.

"Chi ti ha fatto male, Janice. Charlie?"

Cominciò a dire qualcosa – voleva inventare una bugia su una caduta, forse – ma poi si rese conto che Charlie era morto. Non c'era più bisogno di mentire. Annuì e rispose con voce sommessa.

"Charlie mi ha accusato di fare la cresta con tutti i tipi che avevo qui. È venuto qui nel primo pomeriggio, mentre Mary era a scuola e ha fatto questo. Io ... Penso che potrebbe essere rotto. Ma sono troppo al verde per andare da un dottore e ho troppa paura di dover spiegare come è successo."

"Ti porteremo al pronto soccorso quando avremo finito qui, Janice. Ora dimmi, dov'è il vestito giallo?"

"Non lo so. Onestamente, detective. Ho riportato il vestito dalla lavanderia circa un'ora prima che arrivasse Charlie. L'ho messo nell'armadio. Dovrebbe essere lì."

"Non c'è", grugnì Frank guardando la ragazza di fronte a noi. "Ma dimmi, quando si è trasferita la tua compagna di stanza?."

"Eh?" grugnì, sbattendo gli occhi per lo stupore mentre guardava Frank. "Come facevi a sapere che ho una compagna di stanza?"

"Il tuo armadio. L'unico armadio della camera da letto. La maggior parte dei vestiti sono tuoi o di tua sorella. Ma ci sono un paio di cose troppo grandi per entrambe. E poi nel bagno c'è un'altra marca di cosmetici."

"Certo, avevo una compagna di stanza. Erika si è trasferita un paio di giorni fa. Si è trasferita nell'appartamento del suo ragazzo a Brent Street."

"Ooh, scommetto che a Charlie non è piaciuto", dissi, sorridendo e guardando il mio compagno. "Una delle sue ragazze che va a vivere con un uomo. Non è un buon affare."

Charlie non era affatto contento. Parte del motivo per cui era venuto e aveva picchiato Janice era per ottenere il nuovo indirizzo di Erika. Lei glielo aveva detto e lui l'aveva lasciata con un braccio rotto a piangere di dolore. Lei disse che si alzò dal pavimento e scese al secondo piano. Una signora che conosceva laggiù era un'infermiera. Janice pensò che avrebbe potuto aiutarla a sistemare bene l'osso.

"Per quanto tempo sei stata là sotto?" chiesi.

"Circa un'ora... forse un'ora e mezza."

"Hmmm", grugnì Frank, guardandomi e annuendo. "Abbastanza a lungo perché questa Erika entrasse a prendere il vestito."

Annuii e riportai la mia attenzione su Janice.

"Ha ancora la chiave dell'appartamento?"

Janice annuì, i suoi occhi si allargarono quando la realizzazione arrivò ai suoi occhi.

Portammo Janice al pronto soccorso. E prima di lasciarla, chiamammo un taxi per riportarla al suo appartamento. Io e Frank tornammo in macchina a Brent Street e al palazzo in cui viveva il ragazzo di Erika. E fu allora che le cose si fecero un po' interessanti.

Frank alzò un pugno grande come una pala da neve e batté forte sulla porta, urlando "Aprite! Polizia!"

All'interno sentimmo un uomo gridare "Merda!" e poi sentimmo una porta sbattere e il vetro rompersi. Fu allora che il piede di Frank diede un calcio alla porta e entrammo con le pistole estratte. All'interno trovammo un uomo con un paio di pantaloni di lusso addosso e nient'altro, che cercava di arrampicarsi fuori da una finestra. Erika era in un letto pieghevole a muro, nuda, con un lenzuolo che a stento copriva i suoi ampi seni. Su un tavolo accanto al letto c'era una Glock nove millimetri. Lei la prese proprio mentre Frank afferrava l'uomo per la spalla e lo faceva girare. L'uomo fu preso dal panico e tirò un pugno alla mascella di Frank.

Grosso errore. Frank afferrò il pugno dell'uomo con una delle sue zampe e strinse. L'uomo urlò di dolore e cadde in ginocchio proprio quando Erika lasciò cadere il lenzuolo che la copriva e raggiunse la Glock.

"Non farlo", dissi dolcemente, tirando indietro la canna della mia Kimber 1911 e puntando la pistola tra i suoi occhi mentre lei si girava con la Glock in mano. "Lasciala cadere delicatamente sul pavimento e non fare un'altra mossa."

"Dannazione, Erika!" urlò l'omino piagnucoloso, fissando la donna. "Ti avevo detto che dovevamo andarcene nel momento in cui sei arrivata e mi hai detto di averlo ucciso! Te l'avevo detto! Ma no, hai detto tu! No, facciamoci un'altra scopata per celebrare la morte di quel bastardo! Solo un'altra scopata! Gesù!"

"Zitto, pezzo di merda!"

Mio, mio, mio, mio Dio... una serata romantica e un po' di baldoria tra le lenzuola sembrava appropriata. Ma quest'ultima baldoria tra le lenzuola stava per costare loro la vita. Sorrisi. Sarebbe questa una di quelle ironiche combinazioni del destino di cui parlano i poeti? Sapete, fottere e poi farsi fottere?

10
SORELLE

Era seduta, accasciata su un divano dal design elegantemente floreale, con una mano che le teneva un impacco freddo sulla nuca. Vestita con una gonna nera, una giacca nera e una camicetta di seta bianca, con tacchi rosso vino scuro su piedi sottili e minuscoli. Una collana di rubini dall'aspetto molto costoso, del valore di una piccola fortuna, adornava il suo lungo collo perfettamente cesellato.

Sembrava una ricca delle generazioni passate.

Non nel senso del tempo o dell'età. Ma vecchia nel senso che aveva avuto le mani in pasta. Un sacco di pasta. E lo aveva fatto per anni.

Una massa di capelli castani, ricci, era gettata sulla sua spalla sinistra mentre teneva l'impacco sul lato destro della testa. Forse sulla trentina, un bel fisico. Snella. Con un corpo da atleta.

Dietro di lei, nella stanza accanto, suo marito giaceva sul pavimento in moquette del suo studio privato. La testa sfondata, sangue ovunque, la scrivania distrutta, carta e libri sparsi per tutta la stanza. Le eleganti porte francesi che portavano fuori dallo studio e in un prato curato come un parco erano spalancate. Attraverso le porte i suoni della notte, il frinire delle cicale, poliziotti e specialisti della scientifica che si muovevano, le radio che squillavano, il gergo della polizia.

Proprio dietro, alla sinistra della bellezza dai capelli scuri, c'era una donna dall'aspetto di un topo vestita con un abito di cotone giallo con perle intorno al collo. Aveva dei tacchi alti bianchi. Sul tavolo accanto alla donna dai capelli scuri c'erano un paio di guanti bianchi di lusso, che lei aveva gettato sul tavolo nel momento in cui era entrata in casa e si era annunciata come la sorella della donna. Sul suo viso dall'aspetto semplice c'era una maschera di preoccupazione per la donna seduta sulla sedia di fronte a lei e lampi di rabbia, diretti nella nostra direzione, allo stesso tempo.

"Come ha potuto questa situazione diventare così tragica? Come? Vi avevamo avvertito che sarebbe successo qualcosa del genere. Vi avevamo avvertito più e più volte. Ma tutto quello che avete fatto è stato compilare un altro rapporto e poi dimenticarvene immediatamente nel momento in cui siete usciti dalla porta."

Frank, il mio partner nella divisione omicidi del South Side Precinct, ed io guardammo la donna topo, ma non dicemmo nulla. Abbiamo lavorato come partner nella omicidi per più di dieci anni. Abbiamo lavorato a tutti i tipi di omicidi. Sapevamo quando fare domande e quando tacere. Questa era una di quelle volte. Per tacere. La donna voleva parlare subito. E noi volevamo sentire cosa avesse da dire.

"Io e mia sorella abbiamo cercato di convincere la polizia che Hector Gonzales sarebbe tornato e avrebbe fatto qualcosa di terribile a William. Li abbiamo pregati di fare qualcosa per togliere quel pazzo di mezzo. Quando la settimana scorsa è entrato in casa e tutti gli allarmi sono scattati, abbiamo pensato che questo avrebbe... finalmente... fatto alzare le vostre pigre chiappe e fare qualcosa! Ma l'avete fatto? L'avete fatto? No, non l'avete fatto! Niente. Niente! Niente! E ora guardate cosa è successo!"

Tremava visibilmente di rabbia mentre lottava per controllare le sue emozioni. Ma i suoi occhi ci fissavano velenosamente. Allungando una mano, diede una pacca sulla spalla alla sorella ferita e poi prese l'impacco freddo dalla sua mano e la tenne mentre la sorella più interessante abbassava la mano e guardava verso di noi con occhi rossi e lacrimosi.

"Hector è un uomo violento, agenti. In più di un'occasione ha minacciato la vita di William. Abbiamo chiesto ripetutamente, come dice mia sorella, un qualche tipo di protezione da parte della polizia. Ma l'ufficiale in uniforme mandato qui per prendere il rapporto ha detto che non c'era nulla che potessero fare fino a quando non fosse stato commesso un crimine. Beh, un crimine è stato commesso. Ma è troppo tardi per aiutare William."

Crollò di nuovo sul divano e scosse il suo corpo con singhiozzi di pianto. Aspettammo che elaborasse il suo dolore e poi iniziammo a farle delle domande.

"Quando ha visto suo marito per l'ultima volta, signora Winslow?" chiesi.

"Questa mattina", rispose la donna, prendendo un fazzoletto dalla mano della sorella e asciugandosi lacrime e mascara dagli occhi. "Sono dovuta andare in città per una riunione con una delle associazioni di beneficenza con cui lavoro. Io e William ci siamo seduti in cucina e abbiamo fatto colazione insieme."

"Che ora era?" ringhiò il mio compagno sosia di un gorilla.

"Verso le sei e quarantacinque. Dovevo essere in viaggio per le sette. Sono abbastanza sicura che sia l'ultima volta che l'ho visto."

"E quando avete scoperto il corpo?" chiesi, guardando entrambe le sorelle.

"Quando sono tornata a casa, circa quaranta minuti fa", rispose la signora Williams dai capelli scuri, gli occhi che cominciavano a riempirsi di nuovo di lacrime. "Sono entrata – è venerdì sera, quindi il personale era già andato via per il fine settimana – e ho trovato... Ho trovato William... lì dentro."

Si seppellì la faccia tra le mani e singhiozzò in modo incontrollabile. Sua sorella borbottò qualcosa sottovoce e poi si avvicinò al divano rivestito di mogano e tappezzeria floreale e mi affrontò direttamente, a testa alta.

"Queste stupide domande non possono aspettare? Perché sono necessarie? Vi abbiamo detto chi ha ucciso William. Hector Gonzales. Perché non andate ad arrestarlo? Cosa ci vuole per far arrivare la polizia a quest'ora per fare qualcosa? Mio Dio! Un uomo è stato assassinato e tutto quello che sapete fare è tormentare sua moglie con domande senza senso!"

"Signorina..." iniziai, alzando una mano per chiedere a bassa voce un po' di silenzio.

"Patricia. Patricia Hughes. Degli Hughes del New Hampshire, per essere precisi."

Come pensavo. Vecchie generazioni di ricchi.

"Signorina Hughes, conosciamo bene Hector Gonzales e le sue minacce. Lo abbiamo arrestato diverse volte con l'accusa di aggressione. Se è lui che ha ucciso William Winslow, sappiamo dove trovarlo."

"Ma prima di arrestare qualcuno, dobbiamo assicurarci che sia l'uomo giusto", ringhiò Frank, guardando Patricia Hughes con una faccia che solo la madre di un uomo di Neanderthal potrebbe amare. "Ed è dubbio che Gonzales sia il nostro uomo."

"Dubbi?" sibilò la donna con il vestito giallo, voltandosi a fissare il mio compagno come un gatto randagio che sta per balzare su un topo. "Dubbi, ha detto? Sta cercando di dirmi che io e mia sorella non avremmo dovuto essere terrorizzate da un uomo che ci ha minacciato più volte di tagliarci la gola con un machete? O di affogarci in un fiume? O di investirci con il suo camion?"

"Ne dubito", grugnì Frank, completamente indifferente all'ira della donna. "Conosco Hector Gonzales, conosciamo Hector Gonzales. È un vecchio pazzo dalla testa calda che parla da duro. Ma non ha mai ucciso nessuno. Non ha mai fatto del male a nessuno. Quindi perché avrebbe dovuto uccidere suo cognato?"

"Soldi, maledizione! Per i soldi! C'è un motivo migliore per uccidere qualcuno?"

Guardai la signora Winslow che ora si era composta. Si stava asciugando le lacrime dagli occhi e singhiozzava tranquillamente.

"Suo marito ha assunto Hector Gonzales per un grosso lavoro di giardinaggio?"

"Come diavolo fa a saperlo?" Patricia Hughes sbottò, con la sorpresa chiaramente scritta in faccia.

"Questo è quello che fa Hector Gonzales per vivere", disse Frank. "Come ho detto, conosciamo il tipo."

"William aveva promesso all'uomo diecimila dollari se avesse ridisegnato il prato sul retro e piantato un certo numero di alberi entro tre settimane. L'uomo e la sua squadra hanno lavorato notte e giorno, facendo molte ore, e hanno completato il lavoro. Ma non nel lasso di tempo specificato da William. Gonzales era un giorno oltre il tempo stabilito. Per questo William voleva invocare una clausola penale nel contratto che lui e Gonzales avevano firmato. Una penale pesante."

"E fu allora che Gonzales esplose e ci minacciò tutti", annuì la Hughes, un cipiglio severo che tagliava il suo viso dall'aspetto semplice. "Ha detto che sarebbe tornato con un fucile e ci avrebbe fatto saltare le cervella!

"Lei ha detto che l'ha minacciata altre volte", cominciai, aggirando la donna vestita di giallo e avvicinandomi alla vedova addolorata. "Gonzales aveva già lavorato per suo marito?"

"Sì, in diverse occasioni", rispose lei annuendo. "Questa è una proprietà piuttosto grande che ho ereditato dai nostri genitori. Non era stata curata per anni quando ci siamo trasferiti. William ha chiesto in giro la migliore azienda di giardinaggio disponibile. Tutti dicevano che Gonzales era l'uomo giusto."

"E suo marito ha cercato di non pagare Gonzales ogni volta?" chiese Frank, con la sua solita schiettezza.

La signora Winslow reagì come se fosse stata schiaffeggiata dalla schiettezza di Frank. Ma annuì in silenzio.

"Si è introdotto in casa sua la settimana scorsa?" chiesi.

"Sì, è così!" Patricia Hughes ribatté, mettendosi davanti a sua sorella in modo protettivo e fissandomi di nuovo. "William lo trovò ad aspettarlo nello studio. Avevano litigato di brutto. Le bestemmie che l'uomo ha usato erano terribili. Abbiamo chiamato la polizia perché venisse ad arrestarlo. Ma prima che potesse arrivare un agente in divisa, Gonzales è scivolato fuori dalla portafinestra ed è scomparso."

Una voce stridula. Una donna stridula. Arrabbiata. Ostile.

Girandomi, guardai Patricia Hughes per un secondo o due.

"Andremo a cercare Hector e parleremo con lui. Ascolteremo la sua storia. E poi probabilmente torneremo per fare altre domande", dissi a bassa voce. "A tutte e due."

Mi avviai fuori dalla grande casa con Frank che mi seguiva. Nessuno di noi parlò fin quando uscimmo nella notte illuminata dalla luna e ci infilammo nei sedili a secchiello della Pontiac GTO convertibile del '66.

"Pensi che sia stato Hector?"

"Forse. Quel bastardo dalla testa calda è scaduto nel fare qualcosa di così stupido. Ma qui c'è qualcosa che non quadra.

Qualcosa nello studio", dissi, sporgendomi in avanti e avviando il grande V-8 e spingendo poi il cambio in prima.

"Sì", annuì Frank nella notte, con il suo blocco di cemento a forma quadrata di una testa che si girava per fissare fuori dal finestrino. "Perché distruggere la scrivania e il computer dell'uomo? Hector è una testa calda, ma non è stupido. Non avrebbe trovato diecimila dollari in giro."

Era questo. La scrivania e il computer distrutti.

Attraverso strade secondarie e vicoli vuoti guidammo fino a quando uscimmo dai confini della città e girammo su una strada asfaltata della contea. Il chiaro di luna riempiva la campagna con un caldo bagliore giallo-bianco. Nessuna brezza. Il caldo dell'estate era soffocante. A due miglia lungo la strada svoltammo nel viale di una casa a un piano. Nel cortile c'erano trattori, pale e varie altre attrezzature che un giardiniere potrebbe usare nel suo mestiere. Sul retro della casa c'era un garage lungo e largo con le doppie porte aperte e tutte le luci accese. Piegato sul parafango anteriore di un pick-up Chevy Silverado c'era Hector Gonzales. Era vestito con una tuta da lavoro dall'aspetto untuoso e borbottava tra sé e sé mentre lavorava al motore.

Non smise di lavorare quando entrammo nel garage. Voltò solo la testa e ci fissò, poi sputò sul pavimento di cemento del garage.

"Che diavolo volete a quest'ora della notte?"

"Voglio solo parlare, Hector", grugnì Frank, guardando il garage prima di riportare la sua attenzione sull'uomo.

"Di cosa?"

"Di William Winslow", dissi.

"Winslow? Quel figlio di puttana!" Hector gridò, uscendo da sotto il cofano del pickup, girandosi e lanciando la chiave inglese che aveva in mano più forte che poteva verso il muro del garage. Si schiantò contro il muro e suonò rumorosamente mentre cadeva sul pavimento e scivolava sul cemento. "Suppongo che abbiate un mandato per aver fatto irruzione a casa sua e aver chiesto i miei soldi. Che bastardo. Gesù. Odio i ricchi!"

"William Winslow è morto, Hector. É stato colpito da una mazza da baseball", dissi, prendendo il mio cellulare che vibrava nella tasca interna della mia giacca sportiva. Ascoltai per un momento o due e poi dissi "grazie" e chiusi la telefonata. "E le tue impronte sono su tutto il manico della mazza."

"Certo che lo sono, dannazione! Ho afferrato quella dannata cosa e stavo pensando di fare proprio quello che è successo a lui, quando il figlio di puttana è entrato e mi ha trovato. Ma non ho ucciso lo stronzo. Abbiamo discusso. Ci siamo urlati contro. L'ho minacciato. E poi il bastardo si è seduto alla sua scrivania e ha staccato un assegno da diecimila dollari. I soldi che mi doveva."

"Hai delle prove?" chiese Frank.

"Ho depositato l'assegno questo pomeriggio, Frank. Sarà sui libri contabili. Diavolo, ogni volta che ho lavorato per quel bastardo ho dovuto fare tutto questo teatrino. Ma ha pagato ogni volta. Non ho motivo di uccidere quello stronzo. Lo odiavo a morte. Odiavo urlargli contro. Ma era uno stipendio fisso per me e i miei uomini."

Elimina Hector Gonzales come sospettato.

"Vuoi sapere chi aveva un motivo per uccidere il bastardo?" Gonzales ringhiò, un sorrisetto malvagio gli increspò le labbra mentre si dirigeva verso un tavolo da lavoro e scriveva qualcosa su un tovagliolo di carta. "Ecco, vai a dare un'occhiata a questo. È un sito porno. Lo troverai interessante."

Era interessante. Ma diventò più interessante quando iniziammo a lavorare su un nuovo punto di vista. Il lavoro della polizia non è altro che fare domande. Molte domande. Si tratta anche di pazienza. Ci vuole tempo per trovare la domanda giusta. Ci vuole tempo per mettere insieme tutti i pezzi del puzzle. Un paio di pezzi del puzzle erano questi:

Il sito porno che Gonzales ci aveva dato aveva alcune foto piuttosto grafiche di una giovane donna molto atletica messa in posa in alcune posizioni sessuali dall'aspetto piuttosto sorprendente. Diverse di esse in effetti. Tutte con lo stesso uomo. Interessante notare che né il volto dell'uomo né quello della donna erano stati catturati dall'obiettivo della macchina fotografica. Ma dallo scenario di fondo in cui erano state scattate le foto, potevamo indovinare.

Il secondo pezzo del puzzle era che William Winslow era morto tra le tre e le sette del pomeriggio. Un improvviso muro di mattoni davanti a noi nel considerare la nostra nuova sospettata. A quell'ora si trovava a diverse miglia di distanza, in piedi davanti a quaranta persone, a dire loro con la sua voce stridula esattamente quello che pensava dei democratici in generale e dei liberali in particolare.

"Allora, se non è stata lei. Chi è stato?" Chiese Frank fissandomi, seduto sulla sua sedia di legno da ufficio dietro la sua scrivania, nella stanza della squadra.

Sorrisi, mi alzai dalla sedia e inclinai la testa verso la porta per fargli segno di venire con me. Mentre mi giravo, spazzai via dalla scrivania una cartella contenente alcune delle foto più creative che avevamo trovato sul sito porno.

Trovammo le sorelle sedute nel sontuoso salotto della villa. La signora Winslow sedeva sullo stesso divano, cimelio di famiglia, in cui l'avevamo trovata originariamente, fissava una grande finestra con uno sguardo di pura agonia sul viso. Patricia Hughes sedeva proprio di fronte a sua sorella su una grande sedia di pelle. Indossava un tailleur pantalone, le gambe incrociate, il piede che batteva annoiato il sandalo largo sul retro del tallone.

"Avete arrestato quell'assassino sboccato?" disse, nel momento in cui entrammo.

Scossi la testa e mi avvicinai per mettermi tra le due donne. Senza dire una parola, le consegnai la cartella contenente le foto e aspettai. La rabbia e la sfida scomparvero dal suo viso con la stessa rapidità con cui lo fece il suo colorito. Trattenne il fiato, i suoi occhi si allargarono per la paura, e poi gettò la cartella con rabbia.

"Come ha fatto... perché... mi ha promesso che non avrebbe fatto niente di stupido con queste!"

"Le ha mentito" dissi, annuendo, e poi voltandomi a guardare la signora Winslow. "Proprio come ha mentito a lei."

"Mi ha mentito? Su cosa? Pattie, cosa sono quelle foto?" disse la più attraente delle due sorelle con i capelli scuri e gli occhi belli, con un'aria allarmata, guardando prima le foto gettate via, e poi di nuovo la sorella.

"Ti ha detto, anno dopo anno, quanto ti amava. Quanto ti fosse devoto. Che non ti avrebbe mai lasciato. Tutte bugie. Hai scoperto com'era veramente. E sei esplosa di rabbia", rispose Patricia Hughes, guardando la sorella più bella con un'espressione beffarda sulle labbra.

La signora Winslow volò via dal divano con rabbia, gli occhi pieni di furia. Ma la furia non era rivolta a me. Era rivolta a sua sorella. Mi superò rapidamente e diede due schiaffi a sua sorella, più forte che poté. La testa di Patricia Hughes scattò in una direzione e poi nell'altra con una furia feroce.

"Puttana! Puttana! Puttana! Sono mesi che scopate alle mie spalle! Mesi! Grazie a Dio la polizia ha finalmente scoperto chi ha ucciso mio marito! Spero che tu bruci all'inferno per i tuoi peccati!"

Le lacrime le riempirono gli occhi mentre faceva un passo indietro e si portava le mani al viso. Era perfetto. Una performance degna di un Oscar.

"Qualcuno brucerà all'inferno, signora Winslow. Ma non sarà sua sorella", dissi, afferrando improvvisamente la donna per un braccio, facendola girare e schiaffandole le manette sui polsi.

"Cosa? Cosa... cosa sta dicendo?" Patricia Hughes balbettò, asciugandosi le lacrime dagli occhi, con le guance di un rosso vivo per i colpi pungenti della sorella, e alzandosi dalla sedia per fissare la sorella e me in autentica confusione. "Non potevo uccidere William. Non avrei potuto uccidere William. Lo amavo!"

"Amore. Amore!" la signora Winslow sputò velenosamente, i suoi occhi pieni di odio mentre guardava la sorella. "Amore! Tu non amavi William. Ti interessava solo il brivido erotico che poteva darti. Sei una cagna fortunata, sorella. Se i miei piani avessero funzionato, ti avrei ucciso qualche mese dopo. Ti avrei uccisa e avrei gettato il tuo corpo nell'oceano perché gli squali se ne cibassero!"

"Come ... come ha potuto mia sorella uccidere William? Era su al nord alla sua conferenza di beneficenza. Doveva essere lì tutto il giorno."

Annuii. E sorrisi.

"Abbiamo controllato. Su entrambi i vostri spostamenti. La sua conferenza, signora Winslow, doveva durare tutto il giorno. Ma si è interrotta verso mezzogiorno. Questo le ha dato giusto il tempo di guidare fino a casa. La mia ipotesi è che lei sia entrata nello studio di suo marito e l'abbia trovato che gongolava per le foto di lui e sua sorella, che aveva caricato sul sito porno. A quel punto ha perso la testa. Ha preso la mazza che sapeva avrebbe avuto le impronte di Hector Gonzales e l'ha usata per spaccare la testa di suo marito. E la sua scrivania. E il suo computer in un momento di furia insensata."

Mi guardò con un sorriso di ghiaccio sulle labbra tremanti. Ma lo sguardo che diede a sua sorella era così pieno di odio e veleno che sarà difficile da dimenticare. Mentre la portavamo fuori di casa e la infilavamo in un'auto di pattuglia in attesa, pensai tra me e me che ero dannatamente felice di essere figlio unico. Vivere con un fratello che mi somigliava molto sarebbe stata un'esperienza micidiale.

11

DEA

Notte.

Il nero umido di un'estate sotto una notte nuvolosa senza luna.

Le due del mattino e niente di che.

Mentre mi trovavo all'imbocco di uno stretto vicolo, a braccia conserte e appoggiato al muro di mattoni di una vecchia casa d'epoca, i miei occhi continuavano a vagare dalla porta scura dipinta di rosso mattone di una casa dall'altra parte della strada e di una più in alto, e poi tornavano alle ombre nere dell'angolo tra la Quinta e Elm Street. Si diceva che stesse arrivando al 522 E. Elm Street. Si sarebbe fatto vedere quella sera. Si diceva che avrebbe incontrato qualcuno per un ingaggio in arrivo. Un contratto molto lucrativo.

Sotto il leggero cappotto sportivo, potevo sentire il calcio della Kimber calibro 45 appesa nella sua fondina sotto l'ascella sinistra. Il peso era confortante. E inquietante. Chi stavamo aspettando lo rendeva necessario. Noi due, il mio partner Frank Morales ed io avremmo probabilmente usato la nostra potenza di fuoco, prima che il caso fosse concluso.

Quando il russo arrivava in città, di solito andava così.

Il russo.

Un ex agente della GRU dalla Bielorussia. O forse dall'Ucraina. Diavolo, nessuno lo sapeva con certezza. Ora un sicario di straordinaria abilità e fortuna. Altre due volte io e Frank lo avevamo incrociato e ne eravamo usciti vivi a malapena. Quelle due volte molta gente era morta. Ci era giunta voce che era tornato in città. Stava venendo qui, al 522 E. Elm Street, per definire i dettagli del prossimo colpo.

Dando un'occhiata alla mia destra vidi l'incombente mole del mio compagno. Frank, al buio, irradia una presenza inconfondibile. Ed è grande. Grande più o meno come una delle cime dell'Himalaya. Niente collo, una testa a forma di blocco di cemento con lunghi capelli filamentosi color carota, mani grandi come i caricatori cromati di una Chevy Camaro. Era in piedi proprio alla mia destra e leggermente fuori dall'apertura del vicolo e guardava la casa dall'altra parte della strada.

Io? Sono della stessa altezza di Frank. Ma non altrettanto massiccio. La gente mi dice che – con i miei capelli neri ricci, i baffi e le fossette – sembro più l'immagine sputata di un attore morto da tempo. Fantastico. Sembro un uomo morto. Questo mi fa davvero sentire tutto caldo e coccoloso dentro.

Non importa.

Guardando la forma nera di Frank accanto a me, mi chinai verso di lui.

"Cosa ne pensi?"

"Sì", grugnì in un sussurro sommesso, appena udibile. "Sta arrivando. Ho questa sensazione dappertutto. Prude, sai? È vicino. Sta aspettando."

Avevo anch'io quella sensazione. Quel tic nervoso che fa lavorare i nervi, quel sapore leggermente secco e acido nella mia bocca. I palmi sudati. Era da qualche parte, vicino. In piedi nell'oscurità come noi. In attesa.

Per cosa?

Per tutta risposta, gli abbaglianti dell'automobile squarciarono l'oscurità come pugnali e permisero a un taxi dipinto a scacchi gialli di scivolare in strada e arrivare fino a fermarsi di fronte alla porta rosso mattone. Come in un brutto sogno, io e Frank scivolammo di nuovo nell'oscurità del vicolo e guardammo. Per alcuni secondi, il taxi rimase fermo sul marciapiede come un leviatano degli abissi che si rotola nella risacca e aspetta di scomparire di nuovo sotto le onde.

Scese dall'auto con un visone bianco e un vestito rosso brillante.

Gesù.

Ammettiamolo. Ci sono belle donne ovunque. E poi ci sono quelle che accendono le fantasie. Donne così belle che fanno indebolire le ginocchia di un uomo e gli fanno lambire la lingua come quella di un cane fino ai lacci delle scarpe. Ma questa creatura era indescrivibile a parole.

Minuta. Lunghi capelli biondi ricci, grano dorato scuro. Una figura infilata in un vestito rosso attillato così perfetto che farebbe rinunciare al celibato e alla tomba un santo morto per una seconda possibilità. Il suo collo bianco e sottile perfettamente modellato e avvolto in una collana di diamanti che vale forse la metà del debito della nazione. E il modo in cui si muoveva...

Signori, Signori.

Uno sguardo a lei e sapevo che era un problema. Cattiva sorte, baby. Una dea con curve assassine, consapevole di come le esibiva. Una diva con i soldi. Forse tra i venti e i trent'anni. Piena di soldi e disposta a mostrarli in giro.

La vedemmo pagare il tassista, poi girarsi e salire i sei gradini fino alla porta dipinta di rosso scuro. Frugando in una piccola borsa, trovò le chiavi e aprì la porta. La luce brillante dell'interno esplose nella notte e la illuminò come un sole brillante prima che la porta si chiudesse dietro di lei.

Sorridendo e scuotendo la testa, mi resi conto che non avevo respirato negli ultimi cinque o dieci secondi. Cominciai a dire qualcosa a Frank. Ma il gomito dell'omone mi toccò dolcemente sull'avambraccio in un avvertimento silenzioso. Volgendo la mia attenzione all'angolo tra la Elm e la Quinta, vidi ciò che attirò l'attenzione di Frank. Una forma nera – a malapena visibile nell'oscurità della notte – uscì dalle ombre scure e si fermò sul bordo del marciapiede. Ci fu il suono di un accendino che scattava. La fiamma bianca e gialla dell'accendino creò una momentanea bolla di luce nell'inchiostro della notte. Una luce riempita dai bordi duri e spigolosi di un uomo che si accendeva una sigaretta e poi di nuovo l'oscurità con il suono del coperchio dello Zippo che si chiudeva.

Il russo.

Con una disinvolta familiarità scese dal marciapiede, attraversò la strada e salì i gradini di pietra fino alla porta rosso mattone. Non bussò. Non suonò il campanello. Aprì semplicemente la porta ed entrò.

"Vuoi andare a salutare?"

"No. Perché fargli sapere che stiamo guardando? Meglio aspettare qui e guardare. Vediamo se riusciamo a capire cosa hanno in mente."

"Vuoi dire cercare di capire chi il russo ucciderà prima di lasciare la città", sussurrò Frank.

"Giusto. Finora nessuno di loro ha commesso un crimine con il quale possiamo etichettarli e renderlo valido. Quindi guardiamo. Aspettiamo. Scopriamo chi è la donna."

"Divertente, però. C'è qualcosa di divertente in tutto questo."

Nell'oscurità un sorrisetto mi increspò le labbra. Annuii mentre Frank continuava a sussurrare dolcemente.

"Il russo ci permette di vederlo. Arriva all'angolo della strada e si accende una sigaretta. Come se, come se..."

"Come se sapesse che stavamo guardando?" completai il discorso.

"Uh huh", grugnì il mio compagno nell'oscurità. "Un po' inquietante, secondo me."

Il russo e la bionda. Come ho detto. Cattiva sorte, baby. Cattivo presagio.

Due ore dopo vedemmo la splendida incantatrice andarsene. Andarsene, scendendo i gradini e sistemando il suo vestito aderente al corpo come se l'avesse indossato in fretta e furia. Si fermò accanto alla portiera del taxi, si girò e guardò per un momento o due la porta vermiglia prima di scivolare nel taxi e sparire nella notte, lasciando il russo dentro la casa.

Da solo.

Con tutte le luci spente, dava l'impressione di una residenza vuota in attesa del ritorno dei proprietari. Buio e vuoto. Sembrava proprio una trappola. Una trappola perfetta. Entrambi prendemmo i nostri cellulari allo stesso tempo. Pochi istanti dopo avevamo le nostre risposte. La casa al 522 E. Elm apparteneva ad Arlo Biggs. Biggs si occupava di vendita di auto. Aveva una serie di concessionarie di auto nuove sparse in tre stati. Quindici concessionarie. Un ricco patrimonio, con una stima prudente, di circa trenta milioni di dollari.

Biggs era il proprietario della casa d'epoca. Ma non era la sua residenza. Era il suo nido d'amore. La sua casa lontano da casa, quando voleva portarsi a letto una delle sue tante ragazze. Le portava qui. Le portava a cena, le abbelliva con regali molto costosi. Poi le portava a letto. Le portava a letto lontano da occhi indiscreti e luoghi pubblici. Lontano dalle colonne del gossip e dai giornalisti curiosi.

Abbiamo anche scoperto chi fosse la dea. Sorpresa. Non era uno dei giocattoli del fine settimana di Arlo. Era sua figlia. La sua unica figlia. Georgina Biggs. Ventisette anni. Laureata a Yale con un master in psicologia e lingue. Una delle sue lingue era, sorprendentemente, il russo.

Ore dopo, eravamo di nuovo nella sala della squadra a South Side, il nostro distretto, seduti alle nostre scrivanie e ci chiedevamo cosa diavolo stesse succedendo. Non abbiamo visto il russo lasciare il nido d'amore. Per quanto ne sapevamo era ancora lì. Ancora seduto nel buio. In attesa.

"Allora, la figlia sa del nido d'amore nascosto di papà. Ok... perverso", Frank quasi sogghignò, annuendo. "Ma come ha fatto a imbattersi nell'altro nostro amico? E quando sono diventati amanti?"

"Più importante, cosa stanno preparando quei due?" risposi, scuotendo la testa. "Andiamo. Sarà meglio andare a fare due chiacchiere con il vecchio."

"Perché il vecchio?" chiese Frank, lasciando la sua sedia e seguendomi verso le scale della stanza della squadra al secondo piano. "Dovremmo parlare con la figlia."

"Se sta lavorando con il russo su qualcosa, non ci dirà nulla. Ma forse il vecchio potrebbe avere qualcosa per noi."

Troppo tardi.

Quando arrivammo alla sontuosa tenuta di campagna del vecchio Biggs, trovammo due auto di pattuglia nel viale circolare di ghiaia di fronte alla casa, con le loro luci che ci facevano l'occhiolino. Due agenti in uniforme tenevano d'occhio quattro individui in piedi nell'erba fitta, su un lato del marciapiede che conduceva alla porta d'ingresso della casa. Uno degli agenti stava scrivendo qualcosa.

Scendendo dalla macchina, uno degli agenti si girò verso di noi, fece un cenno e inclinò la testa verso la casa.

"Siete arrivati abbastanza in fretta. Abbiamo appena chiamato chiedendo un paio di detective."

"Cosa sta succedendo?" Frank grugnì, accigliandosi e girandosi a fissare la casa.

"Al piano di sopra, nella camera da letto. Il proprietario della casa giace a letto con la gola tagliata. Sangue dappertutto. La figlia dell'uomo è al piano di sotto nel soggiorno che trema come una foglia, sta per andare in shock."

"L'ha ucciso lei?" chiesi, ma conoscevo già la risposta.

"Chi? La figlia? Mi prendi in giro? Potrebbe ucciderti con il suo aspetto, detective. Ma è troppo timorosa. Troppo piccola per uccidere qualcuno. Ha detto di aver sentito suo padre urlare. Quando è salita in camera da letto ha visto l'assassino allontanarsi dal letto di suo padre. Un uomo alto. Con i lineamenti affilati. Indossava una maschera che gli copriva metà del viso. Lei ha cominciato ad urlare ma l'uomo l'ha stesa con un pugno. Dovresti vedere il livido sul lato del suo viso. Rimarrà lì per settimane."

Diedi un'occhiata a Frank e grugnii. Girandoci, entrammo in casa e ci dirigemmo verso il soggiorno. Nel momento in cui entrammo nella stanza, la Dea Shiva - Distruttrice - scese dal lungo divano e si mosse direttamente tra le mie braccia e si strinse forte.

"Oh, è stato orribile, detective. Orribile! Mio padre giace lassù morto e questo... questo... pazzo lo ha ucciso!"

Le sue braccia mi avvolsero e mi tirarono ancora più vicino. Indossava una camicia da notte di seta bianca perla che copriva tutto, ma non lasciava nulla all'immaginazione. I suoi seni sodi con grandi capezzoli sembravano perforarmi il petto. La sua vita dura e sottile premeva contro la mia. Il calore del suo corpo sodo era inebriante. Riccioli dorati, incredibilmente morbidi e seducenti, che sembravano cadere dappertutto.

Mi stringeva così forte che mi era difficile respirare. Mi staccai dal suo abbraccio e feci un passo indietro. E mentre lo facevo, mi capitò di dare un'occhiata alla sua mano destra. Lì, nella fettuccia carnosa tra il pollice e l'indice, c'era una piccola macchia di sangue. Allontanandomi ancora di più da lei, i miei occhi non riuscivano a vedere nient'altro nella stanza. Sul lato del suo viso c'era un grande livido. Un segno che solo la mano di un uomo poteva creare. Un colpo così forte che il suo occhio sinistro era parzialmente chiuso.

"Può trovare questo assassino, detective? Può trovarlo e sbatterlo in prigione?"

Bellissima. Splendida. Da togliere il fiato. Così bella da guardare che ogni terminazione nervosa del mio corpo formicolava. E... sbagliato. Qualcosa di molto, molto sbagliato.

"Dov'è tua madre?" chiesi per qualche strana ragione.

"Morta. Morta due anni fa. Soffocata mentre mangiava una mela."

"Qualche altro parente che possiamo chiamare per venire qui e stare con te?" Chiese Frank.

"No. Sono sola."

L'unica erede. Trenta milioni di dollari. Tutti suoi.

L'abbiamo lasciata con un paio di paramedici e un ufficiale in uniforme e andammo al nido d'amore. Naturalmente era vuoto. Non c'era traccia del russo. Beh... parzialmente vero. Infatti, ci stava aspettando. Era una trappola.

Uscendo dall'oscurità del nido d'amore, Frank e io scendemmo le scale e ci infilammo nei sedili di una Plymouth Roadrunner del '67. Nel momento in cui chiudemmo le porte e iniziai a premere l'interruttore di accensione, qualcosa nell'oscurità di fronte a noi si mosse. Istintivamente raggiunsi l'interruttore delle luci. I fari esplosero nella notte e lui era lì. Il russo. In piedi davanti a noi, vestito di nero. Un sorriso sottile e segaligno sulla sua faccia freddamente bella e una Beretta 9 mm nella mano destra.

"Pistola!" Frank gridò, spalancando la portiera e rotolando fuori allo stesso tempo.

La notte esplose in fiamme, tuoni e piombo volante. Cinque colpi. Tre attraverso il parabrezza anteriore della Plymouth e due attraverso la griglia anteriore. Il sibilo del radiatore dell'auto che sfogava dopo essere stato perforato ci disse che non saremmo andati da nessuna parte con quell'auto.

E il russo? Andato. Scomparso. Come un fantasma.

Rotolammo via dall'asfalto caldo e ci alzammo in piedi. Io avevo la Kimber calibro 45 in mano e Frank aveva la sua Glock 9mm nella sua. Ma il russo non si trovava.

"Perché non ci ha ucciso? Ci aveva proprio dove ci avrebbe voluto, se era qui per ucciderci", grugnì Frank.

"Questo non fa parte del piano, amico. Dobbiamo restare vivi. Confermare la storia di Georgina Biggs."

"Questo era per lo spettacolo? Il russo fa in modo che lo vediamo tentare di ucciderci davanti alla residenza privata del vecchio? Assume il russo per uccidere il suo vecchio e poi lo usa per stabilire un alibi?"

Sorrisi, riponendo la mia arma e lanciando un'occhiata al mio compagno. Frank vide il sorriso e quasi sorrise anche lui.

"Stai pensando che il russo non ha ucciso il vecchio. L'ha fatto la sua bambina mentre lui dormiva. È entrata con un rasoio o un coltello e l'ha affettato come un blocco di formaggio. Scommetto che ha qualcosa a che fare anche con la morte di sua madre. Quella puttana."

"Ma una stronza intelligente, Frank. In qualche modo ha saputo che abbiamo avuto un paio di scontri con il russo. Quindi è censito come sicario a pagamento nei nostri registri. L'attenzione del procuratore distrettuale andrà automaticamente su di lui. Scommetto che il vecchio Biggs e il russo hanno fatto affari, in passato. Altre prove per allontanare i sospetti da Georgina. E ammettiamolo. Uno sguardo a lei in aula e non c'è giuria in questo paese che la condannerebbe mai per un omicidio."

Ed è così che è andata. Per quanto ci abbiamo provato, non siamo riusciti a convincere l'ufficio del procuratore distrettuale che non era stato il russo a uccidere il vecchio Biggs. Era stata l'incredibilmente bella e preziosa figlioletta di Biggs l'assassina a sangue freddo.

Nessuno ci ascoltava. Tutte le prove indicavano il russo. Quindi, Georgiana Biggs ha ereditato tutto. I 30 milioni. Le concessionarie d'auto. E numerosi beni immobili sparsi in tre stati, abbiamo scoperto più tardi, per un valore di oltre cento milioni di dollari.

Tutto.

Ma il vero schiaffo in faccia è arrivato un mese dopo che tutta la polvere si è posata e il caso è stato timbrato come CHIUSO. Dopo che tutte le formalità legali furono risolte e le chiavi del regno di suo padre le furono consegnate, lei dichiarò che sarebbe andata a fare una lunga vacanza.

In Crimea. Tra tutti i posti.

Mentre io e Frank eravamo nella sala dell'aeroporto e la guardavamo salire sul jet della British Airways che l'avrebbe portata prima a Londra e poi in Crimea, sentii accanto a me Frank grugnire di frustrazione e poi quasi una risatina di ammirazione.

Gettando un'occhiata acida al gigante dalla barba rossa, vidi lo scintillio negli occhi dell'uomo che mi guardò e sorrise.

"Fratello. Credo che il vecchio cliché sia vero. L'aspetto può uccidere."

Sì, può certamente farlo.

Fine

Caro lettore,

Speriamo che vi sia piaciuto leggere *L'omicidio È Il Nostro Mestiere*. Per favore, prendetevi un momento per lasciare una recensione, anche se breve. La vostra opinione è importante per noi.

Cordiali saluti,

B.R. Stateham e il team di Next Chapter

L'AUTORE

 B.R. Stateham è un adolescente di settantadue anni che si rifiuta di crescere. Negli ultimi cinquantuno anni ha scritto narrativa di genere. Tutti i tipi di narrativa di genere. Le storie di Turner Hahn e Frank Morales sono tra le sue preferite.

Se vi sono piaciute queste storie, l'autore vi suggerisce di provare i tre romanzi completi, **A Taste of Old Revenge, Murderous Passions** e **There Are No Innocents.**

Se pensate che queste storie siano contorte e sorprendenti, sarete abbastanza contenti di scoprire i romanzi e camminare con questi due nei vicoli bui e nelle strade secondarie popolate dai pazzi omicidi che abitano il romanzo.

Non rimarrete delusi.

L'omicidio È Il Nostro Mestiere
ISBN: 978-4-82414-262-7

Pubblicato da
Next Chapter
2-5-6 SANNO
SANNO BRIDGE
143-0023 Ota-Ku, Tokyo
+818035793528

15 aprile 2022